Höhle
Felsenwald
Lichtung
Grenzstein
Mais-
feld
Brücke
Bach
Jünkelheim
D1869199

2 MIT GRIPS UND GPS

CACHE!

Wir finden ihn!

Manuel Andrack

Mit Illustrationen von
Patrick Wirbeleit

mixtvision

Auf www.2-mit-grips-und-gps.de findest du alle Informationen, um selbst mit dem Geocaching loszulegen.

Herzlichen Dank an das Team von geochaching.de und opencaching.de für die freundliche Unterstützung. Wir danken auch Herrn Jörg Bertram von der Deutschen Wanderjugend (DWJ), der uns bei „Cache!" stets mit Rat und Tat zur Seite stand.

www.mixtvision-verlag.de
www.2-mit-grips-und-gps.de

Umschlagillustration: Patrick Wirbeleit
Umschlaggestaltung: Stephanie Rothmeier
Grafik und Gestaltung: Martina Mannhart

Printed in Germany
ISBN 978-3-939435-22-8

Inhalt

Die Ferien fangen ja gut an! . . . . S. 9
Cache!? Was ist das denn?. . . . . S. 21
Diese verflixten Zahlen – Der erste Cache . . . . S. 31
Die unheimliche Höhle . . . . S. 42
Udo Wackeldackel . . . . S. 56
Kein Saft! . . . . S. 69
Das Geheimnis des Grenzsteins . . . . S. 75
Eine unangenehme Überraschung . . . . S. 87
Ein ungewöhnlicher Einkauf im Supermarkt . . S. 97
Die Augen des Waldmädchens . . . . S. 107
Der rätselhafte Fuß-Salat . . . . S. 118
Der letzte Cache . . . . S. 137
Versteckniх erzählt alles . . . . S. 147

Auflösungen der Rätsel . . . . S. 157
Sachanhang . . . . S. 160

Die Ferien fangen ja gut an!

„Clara! Claraaa! Was ist wieder mit deiner Frühstücksbox los? Claraaaa!!!“

Die Rufe von Claras Mutter verhallten ungehört im Garten. Denn Clara war mit etwas viel Wichtigerem beschäftigt. Sie spielte, dass sie das Schimpansenjunge Gomo war und schaukelte an den höchsten Ästen der großen Buche im Garten. Und Gomo konnte nur Affensprache. Uh-Uh. Uh-Uh. Und in der gab es kein Wort für Frühstücksbox.

Also konnte Clara die Rufe ihrer Mutter gar nicht verstehen. Außerdem nervte diese doofe Frühstücksbox. Clara konnte doch nichts dafür, dass die Frühstücksbox ständig in der Schule liegen blieb. Oder dass immer wieder Brote in der Box übrig blieben, die vor lauter Schimmel wie eine seltene Tierart aussahen. Oder dass der Verschluss entzweigebrochen war. Das war doch nicht Claras Schuld, und außerdem machte das Affenspiel viel mehr Spaß. Uh-Uh. Wie Affen sprachen und sich bewegten, das wusste Clara nämlich ganz genau von ihrem Vater.

Der war letztes Wochenende zu Hause gewesen und hatte ihr viel vom Leben der Schimpansen erzählt. Er wusste fast alles über Schimpansen, denn er war Tierfilmer. Und bei der letzten Expedition war er im Kongo gewesen und hatte in der Nähe einer Schimpansenfamilie gelebt und gefilmt. Jetzt war er auf der Spur von Alligatoren unterwegs nach Südamerika.

Die Rufe ihrer Mutter wurden leiser und Clara schaukelte sanft in der Buche und schaute in den blauen Sommerhimmel. Ferien. Herrlich. Nach den Sommerferien würde sie in die vierte Klasse ihrer Grundschule in Bochum gehen. Die Schule machte ihr zwar nicht immer Spaß, aber einige Fächer liebte sie. Wenn es darum ging, sich eine tolle Geschichte auszudenken, war Clara fabelhaft. Bei Diktaten war sie dafür eher schlecht. In Sport war sie mit Abstand Klassenbeste. Ihre Rechenkünste hingegen waren überschaubar. Aber wenn es in Sachkunde um die Tierwelt ging, glänzte Clara. Kein Wunder bei dem Vater! Aber Clara dachte jetzt nicht an Schule. Am Anfang der Sommerferien denkt doch kein Kind an die Schule! Sechs Wochen Ferien! Eine Ewigkeit. Und in zwei Tagen würde sie mit Mama und Victor an die See fahren.

„Claraaa! Wo bist du?“ Claras Mutter riss die Tür zu Victors Zimmer auf.

„Mama, ich bin nicht taub.“ Der elfjährige Victor hatte entnervt seine Kopfhörer abgesetzt. „Ich habe Ferien und möchte noch am Computer spielen. Das darf ich, das hast du mir versprochen.“

Vorwurfsvoll schaute er seine Mutter über seine Brillengläser hinweg an. Victor konnte nicht verstehen, warum seine Mutter immer glaubte, Clara wäre in seinem Zimmer.

„Denkst du, Clara versteckt sich hinter meinen Bücherstapeln?“

Seine Mutter seufzte. Bücherstapel? Das war eher eine Bücherhalde, die sich da neben Victors Bett auftürmte.

„Clara ist bestimmt wieder draußen und denkt, sie wäre ein Tier.“ Damit war die Sache für Victor erledigt und er setzte die Kopfhörer wieder auf.

Im Garten begann sich Clara zu langweilen. Mit kleinen Schwüngen turnte sie daher affenhaft und sehr geschickt den Baum hinunter, bis sie blitzschnell den Boden erreichte.

Clara ging durch den Garten über die Terrasse in die Küche, bis sie vor ihrer Mutter stand. Nun gut,

nichts Besonderes, könnte man sagen. Aber Clara hatte beschlossen, dass es langweilig sei, auf Füßen zu stehen. Daher legte sie die siebzig Meter von der Buche im Garten bis in die Küche auf Händen zurück. Die ganze Welt verkehrt herum sah sehr lustig aus. Die Beine ihrer Mutter redeten zu ihr und erzählten ihr etwas von Frühstücksboxen.

Clara musste lachen und kam wieder auf ihre Füße. „Hast du gesehen, wie weit ich schon auf Händen gehen kann?", fragte sie atemlos.

„Ja schon, aber wir müssen über deine Frühstücksbox reden ..." Das Handy von Claras Mutter klingelte und Clara nutzte die Chance zu verschwinden. Wie ein Känguru hüpfte sie in das erste Stockwerk. Sie wollte sehen, was ihr Bruder Victor so trieb. Der hatte seinen Computer gerade ausgemacht und war völlig in ein Buch vertieft, das auf seinen Knien lag.

„Was liest du denn da?", fragte Clara.

„Nanotechnologie!", antwortete Victor knapp, ohne von seinem Buch aufzuschauen.

„Nanu-Technik? Was ist denn das?"

„Nanotechnologie. Ich erkläre es dir." Seufzend legte Victor sein Buch beiseite. Manchmal fand er seine kleine Schwester mit ihren Tiergeräuschen schon etwas merkwürdig. Aber sie war eine gute Zuhörerin.

„Bei der Nanotechnologie versucht man, Gegenständen wie Autoreifen, Stühlen oder Eisenrohren das Denken beizubringen."

Clara hüpfte auf Victors Bett und kratzte sich am Kopf. „So ein Quatsch, wie soll das denn gehen", sagte sie. Victor kramte in seiner Hosentasche und zog ein Stück Draht heraus. „Welche Form hat dieser Draht?"

„Das kenne ich, die Dinger liegen doch immer massenhaft verstreut auf Mamas Schreibtisch herum, das ist eine Büroklammer."

„Genau, und jetzt schau mal her!" Victor zog den Draht der Büroklammer auseinander, bis er gerade war. Dann fummelte er ein Feuerzeug aus seiner anderen Hosentasche und hielt die heiße Flamme an das Ende des Drahts. Der Draht krümmte sich wie von Zauberhand und bog sich zurück zu seiner alten Form als Büroklammer.

Clara saß mit offenem Mund daneben. „Da ist doch ein Trick dabei, wie bei dem Zauberkasten, den ich letztes Jahr zum Geburtstag bekommen habe", rief sie.

„Nein, der Draht ist total schlau und hat sich an seine ursprüngliche Form erinnert. Das ist Nanotechnologie. Und das kommt daher, dass das Metall sich ..."

Weiter kam Victor nicht, weil seine Mutter wieder ins Zimmer stürmte. „Ich muss mit euch reden“, platzte sie heraus. Und normalerweise bedeutete das nichts Gutes. Dabei hatte aber keiner von beiden etwas ausgefressen. „Ich habe gerade einen Anruf von Wolfgang aus der Firma bekommen. Er hat eine fiese Magen-Darm-Geschichte. Deshalb muss ich ihn dringend bei einem Kongress in München vertreten, nichts zu machen.“ Die Mutter von Clara und Victor arbeitete bei einer kleinen Computerfirma in Essen. Normalerweise konnte sie viel von zu Hause aus erledigen, aber eben nicht alles.

Die beiden erstarrten nach dieser Nachricht vor Schreck, dann begannen sie, wild durcheinander zu reden.

„Wir wollten doch an die See fahren.“

„Ich hatte mich schon so auf den Urlaub gefreut.“

„Das kannst du nicht machen!“

„Stopp, Stopp“, unterbrach sie ihre Mutter. „Ich habe schon eine Lösung. An die See fahren wir einfach nach dem Kongress, und bis dahin hat sich schon Onkel Christian bereit erklärt, euch aufzunehmen.“

Jetzt waren Victor und Clara nicht mehr zu halten. „NEIN, NEIN, NEIN!!!“ Aus dem Sturm der Entrüstung wurde ein gefährlicher Orkan. „Zu Onkel Christian?“

„Der stinkt immer nach Kuhmist!“

„Das ist total langweilig auf seinem doofen Bauernhof!“

„Die Tiere laufen immer vor mir weg, wenn ich ihnen was beibringen will.“

„Und dann auch noch unser bescheuerter Cousin Sven, der geht ja gar nicht!“

„Bitte Mama, wir wollen da nicht hin.“

Aber was sollten Clara und Victor machen? Alle Nachbarn waren schon in den Urlaub gefahren, ihr Vater wartete am Amazonas mit seiner Kamera auf Alligatoren und Mama musste zu dem Kongress in München. Noch am gleichen Abend sollte ihr Onkel aus der Eifel sie daher in Bochum abholen. Schlecht gelaunt schlichen die Geschwister durchs Haus. Clara und Victor konnten ja nicht ahnen, dass ihnen der spannendste Sommer ihres Lebens bevorstand.

Mbumm, Mbumm, Mbumm. Tiefe Bässe dröhnten durch das Haus. Victor versuchte, sich die Ohren zuzuhalten, aber der Lärm war unerträglich. Da konnte man doch gleich auf einer Großbaustelle übernachten. Langsam kam in seinem müden Hirn die Erinnerung. Weil seine Mutter zu dem Kongress nach München musste, war er nicht zu Hause in Bochum, sondern auf dem Bauernhof von Onkel Christian.

Die meisten Menschen verbinden mit einem ländlichen Leben Ruhe und Besinnlichkeit. Auf Onkel Christians Hof war das anders, und Schuld hatte sein vierzehnjähriger Sohn Sven. Der einzige Cousin von Clara und Victor. Nicht nur, dass er nie ein Wort mit uns wechselt, dachte Victor, nein, er beschallt uns auch noch ungefragt mit seiner grauenhaften Musik. Victor blinzelte im Raum herum. Das Bett neben ihm war leer. Also war Clara schon unterwegs. Vermutlich versuchte sie wieder einmal, Schafen das Fliegen beizubringen oder Schweinen das Wiehern. Und dann wunderte sie sich, dass alle Tiere auf dem Hof vor ihr wegliefen. Victor streckte sich und setzte sich im Schlafanzug an den kleinen Tisch am Fenster, von dem aus man weit ins Land schauen konnte. Über die Weiden mit den grasenden Rindern und ihren gelben Erkennungsmarken im Ohr, bis hin zu den sanft geschwungenen Hügeln mit den sich gemächlich drehenden Windrädern. Victor schaltete seinen Computer an. Wenigstens den und seine Lieblingsbücher hatte er mitnehmen dürfen. Das hatte er in zähen Verhandlungen mit seiner Mutter ausgehandelt. Und auch bei der Arbeit auf dem Hof mussten er und Clara nicht mithelfen. Gott sei Dank. Außerdem war so etwas wie ein Wunder geschehen, denn Onkel Christian hatte seit kurzem Internetanschluss auf dem Hof. Das ließ hoffen, dass die Tage hier doch nicht ganz so langweilig wie befürchtet werden würden. Wenn nur nicht dieser Krach von Sven wäre, den dieser Musik nannte. Mbumm, Mbumm, Mbumm. Willkommen auf dem Lindenhof.

Cache!? Was ist das denn?

Grock, grock, grock. Mit zuckenden Kopfbewegungen schritt Clara über den Hof. Kein Wunder, dass alle Hühner flügelschlagend Reißaus nahmen. So einen großen Hahn hatten sie noch nie gesehen. Bloß weg hier. Clara gockelte in den engen Verschlag, in dem die Hühner ihre Eier legten. Warum die Hühner auf Onkel Christians Hof nur so komische Eier legten? Sie sahen ganz anders aus als die Eier im Supermarkt. So hell und grünlich. Irgendwie fies. Essen würde Clara die bestimmt nicht. Bah. Clara trat wieder ins Freie und ließ ihren zuckenden Hahnenkopfblick über den Hof wandern. Zwischen Stallungen und Wohnhaus erhob sich dampfend der riesige Misthaufen. Mitten auf dem Lindenhof. Den hätte man auch ein bisschen besser verstecken können, fand Clara. Aber Onkel Christian sagte immer, es wäre so praktischer für ihn.

Hinter dem Misthaufen entdeckte Clara Victor. Er hatte seinen Blick starr auf den Boden gerichtet. Clara wollte ihm helfen. Sie musste zu ihrem Bruder, damit er nicht noch über seine eigenen Füße stolperte. Als sie näher kam, erkannte sie, dass Victor etwas in der Hand hielt. Es war ein kleiner Apparat, der wie ein großes Handy aussah.

„Was hast du da?“, fragte Clara.

Victor schaute auf und lächelte Clara an. „Das ist ein GPS-Gerät."

„Hä, ein was?" Clara hatte überhaupt nichts verstanden. „Kannst du mal so reden, dass man auch etwas versteht?"

„Also", begann Victor, „dieses Ding ist ein GPS-Gerät, gesprochen Dschi-Pi-Ess. Es kann anzeigen, an welchem Punkt der Welt man sich befindet. Du kennst doch das Navigationsgerät in unserem Auto."

„Na klar. Bitte wenden Sie bei der nächsten Möglichkeit, sagt eine nette Frauenstimme, und Papa flippt sofort aus. Er behauptet dann immer, er würde schon selbst wissen, wo es langgeht."

„Genau, und dieses GPS-Gerät ist eben ein Navigationsgerät für Fußgänger. Es zeigt mir gerade genau an, wo ich mich befinde."

Clara sah ihren Bruder an, als wäre er verrückt geworden. „Victor, tickst du noch richtig? Ich kann dir auch sagen, wo wir sind und zwar ohne dieses Dschipipi. Wir sind auf dem Lindenhof!"

„Richtig, aber schau doch mal, auf dieser Karte im GPS-Gerät ist auch die ganze Umgebung des Hofes, alle Felder und Wege eingetragen. Und wenn wir jetzt dorthin gehen, zeigt mir das Gerät, wie weit wir gegangen sind. Ich habe zum Beispiel ausgemessen, dass sich der Misthaufen genau sechs Meter von unserem Schlafzimmer befindet. Wenn es danach geht, wie sehr er stinkt, hätte ich allerdings gedacht, es sind sechs Zentimeter."

Clara überlegte. „Und wo hast du das Dschi-Pi-Ess-Ding her?"

„Ich habe es in der Küche gesehen, nachdem ich mit Onkel Christian und Sven gefrühstückt hatte. Du warst da schon lange draußen bei den Hühnern."

„Ach, Sven war auch beim Frühstück dabei?"

„Ja, dabei war er schon. Aber er hat mal wieder nicht mit mir geredet."

„Und du hast das Dschipidings, als du es gesehen hast, einfach mitgenommen?"

„Nein, Clara, ich habe natürlich Onkel Christian gefragt. Und der hat sich so gefreut, dass ich mich dafür interessiere, dass er mir den Apparat regelrecht aufgedrängt hat."

In den nächsten Stunden rasten Clara und Victor mit dem GPS-Gerät über den Hof. Sie maßen, wie hoch der kleine Hügel neben dem Schweinestall war. Und wie schnell konnten sie eigentlich rennen? Geschwindigkeiten zeigte das kleine Wunderding nämlich auch an. 18 Kilometer in der Stunde sprinteten sie nebeneinanderher. Clara war ein wenig enttäuscht. Nur 18 Stundenkilometer? Da musste sie aber noch etwas trainieren. Geparde schafften 130 Stundenkilometer. Und so schnell wollte sie auch einmal werden.

Beim Mittagessen saßen auf dem Lindenhof alle zusammen: Clara, Victor, Onkel Christian und seine Frau Conny, die gerade von ihrem Frühdienst im Krankenhaus gekommen war. Und natürlich Sven, der nur widerwillig die kleinen Kopfhörer aus seinen Ohren gepult hatte, missmutig über den Tisch starrte und in Zeitlupe den Linseneintopf in sich hineinschob.

Victor und Clara erzählten den anderen aufgeregt, was sie mit dem GPS-Gerät alles erlebt hatten. Am Vormittag waren sie, so hatten sie es gemessen, schon 3.278 Meter kreuz und quer über den Hof gelaufen.

Onkel Christian hörte lachend zu: „Wollt ihr jetzt noch wissen, welches spannende Spiel man mit diesem Gerät machen kann?“, fragte er.

„Spannend?“, murmelte Sven und verdrehte die Augen. Es war das erste Mal seit dem Vorabend, dass überhaupt etwas von ihm zu hören war.

„Ich weiß“, schob Onkel Christian nach, „du findest das langweilig. Aber das muss ja nicht heißen, dass Clara und Victor genauso denken. Wollt ihr es hören?“

Victor nickte, und Clara hob ihre schlaffen Hände vor das Gesicht, sodass sie aussahen wie Pfoten. Wie ein Hund leckte sie über ihre Pfoten und hechelte

Zustimmung. Während Tante Conny den Tisch abräumte und Sven sich auf sein Zimmer verzog, begann Onkel Christian zu erzählen.

„Ihr müsst wissen, dass ich seit einigen Monaten ein neues Hobby habe. Was ich da mache, hat einen komischen Namen: Geocaching."

„Geo-Ketschup, was soll das denn heißen?", fragte Clara.

Onkel Christian fuhr fort. „Nein Clara, das hat nichts mit Ketschup zu tun. Es heißt Geocaching, gesprochen Geo-Käsching. Geo heißt Land oder Landschaft."

„Das ist doch klar“, unterbrach ihn Victor, „Geo wie Geografie, das haben wir schon im fünften Schuljahr gehabt.“

„Genau. Und ein Cache, gesprochen Käsch, heißt auf Englisch Versteck. Und diese Caches, meistens sind es kleine Kunststoffdosen, sind zu tausenden überall in Deutschland versteckt. Ihr müsst euch Geocaching wie eine moderne, große Schnitzeljagd vorstellen.“

Clara kicherte. „Aber Onkel Christian, Schnitzel kann man doch nicht jagen, nur essen.“

Tante Conny schaute schmunzelnd aus der Küchentür zu den Dreien hinein, mischte sich aber nicht in das Gespräch ein.

Victor wollte mehr wissen. „Ich habe aber immer noch nicht verstanden, was dieser kleine Zauberkasten, das GPS-Gerät, mit dem Geocaching zu tun hat.“

„Das ist so“, erklärte Onkel Christian, „ihr habt ja schon festgestellt, dass das GPS-Gerät den Punkt auf dieser Welt anzeigen kann, an dem ihr euch gerade befindet. Im Moment ist das dieser Bauernhof. Wisst ihr, was Koordinaten sind?“

„Ko-Ko-Ko was?“, rief Clara. „k.o. kenne ich, das sagt Mama immer, wenn sie abends müde ist. Mann, bin ich k.o., sagt sie dann.“

„Unsinn“, schaltete sich da Victor ein. „Koordinaten kenne ich aus Seefahrerbüchern. Wenn man eine Ostkoordinate und eine Nordkoordinate hat, ergibt das eine Art Netz. Und dann weiß man immer, wo man sich befindet. Das haben die alten Seefahrer aus der Stellung der Sterne herausgelesen.“

Onkel Christian nickte. „Bingo, und genau das kann das GPS-Gerät auch. Hier Clara, nimm mal das Gerät und lies hier oben die Koordinaten des Hofs ab.“

„Da steht ein N und dahinter 049°13.854“, sagte Clara.

Victor ergänzte: „Das ist die Nordkoordinate.“

„Und darunter lese ich E 007°00.734.“

„Das ist dann wahrscheinlich die Ostkoordinate. E steht für East und ist das englische Wort für Ost.“

„Sehr gut, Victor“, lobte Onkel Christian seinen Neffen und fuhr fort: „Das Spiel Geocaching besteht darin, dass man einen Cache, einen versteckten Schatz, suchen muss. Und im Internet bekommen die Schatzsucher durch die Angabe der Koordinaten einen Hinweis, wo der Cache stecken könnte."

Victor ließ nicht locker: „Und wo finde ich im Internet diese Caches?"

„Eine gute Seite ist www.opencaching.de. Dort könnt ihr auch gezielt nach Kindercaches in der Nähe suchen. Ihr werdet sehen, dann vergeht die Zeit hier auf dem Lindenhof wie im Fluge. Ich muss aber jetzt aufs Feld für die Heuernte. Ihr könnt mir dann später von euren Abenteuern berichten." Und schon stapfte Onkel Christian in seinen etwas zu großen Arbeitsschuhen aus dem Zimmer.

Auch Victor war schon halb aus der Tür, auf dem Weg zu seinem Computer. Nur Clara saß noch hechelnd wie ein Hund am Küchentisch. Ihr schwirrte der Kopf. Kokordinaten, Geo-Kätsching, machte das wirklich Spaß?

„Komm schon Clara, ich brauche gleich für unsere Schatzsuche noch den besten Spürhund der Welt."

Da sprang Clara freudig winselnd vom Stuhl und rannte Victor auf allen Vieren hinterher.

Diese verflixten Zahlen – Der erste Cache

Sssssss. Ssssss. Clara sauste wie eine Biene am staubigen Wegesrand von Blume zu Blume. Victor schaute immer wieder auf sein GPS-Gerät, dann auf den fernen, blauen Horizont und manchmal auch zum nahen Waldrand.

Vor einer Stunde hatten die beiden noch an Victors Computer gesessen. Auf der Geocachingseite im Internet waren sie auf eine Menge Caches für Kinder gestoßen, die sich ungeheuer aufregend angehört hatten.

„Guck mal Victor, dieser Cache heißt „Der Schatz des schwarzen Ritters“. Das klingt doch toll. Da geht es bestimmt um Burgen, Schlossgeister und gute und böse Ritter.“

„Ja, das hört sich interessant an, aber das hier ist auch nicht schlecht“, sagte Victor und zeigte auf einen anderen Cache. „Hier, das ‚Geheimnis um den Stein der Hexen‘. Das ist doch das Richtige für dich Clara, oder?“

Clara schaute ihn böse von der Seite an.

Plötzlich stutzte Victor: „Das ist aber blöd!“

„Was denn?“, wollte Clara wissen.

„Na, beide Caches sind sehr weit vom Lindenhof entfernt. Der Ritter-Cache ist in Schiltach, das liegt wohl irgendwo im Schwarzwald. Und der Hexen-Cache ist in Wernigerode im Harz versteckt. Das ist alles zu weit weg von Onkel Christians Hof.“

Victor und Clara suchten weiter. Schließlich stießen die beiden auf eine Reihe von Caches in unmittelbarer Nähe. „Diese verflixten Zahlen“ hieß einer dieser Caches.

Was es mit den verflixten Zahlen auf sich hatte, merkten Clara und Victor ganz schnell. Denn nur die Ostkoordinate dieses Caches war angegeben. Zuerst hatte Victor an einen Fehler geglaubt, als er die Beschreibung gelesen hatte. Aber schon über siebzig Kinder hatten diesen Cache gefunden, deshalb musste doch alles stimmen. Da entdeckte Clara weiter unten in der Beschreibung eine kurze Geschichte mit einigen Zeichnungen. Es waren Kinder, eine Uhr und ein Briefträger abgebildet. Diese Geschichte war ein Rätsel!

Löst dieses Rätsel mit den verflixten Zahlen und ihr bekommt eure Nordkoordinate. Es sind acht Zahlwörter in diesem Text versteckt. Schreibt sie in der Reihenfolge auf, und schon habt ihr die Zahl, die zur Nordkoordinate gehört. Und dann müsst ihr nur noch zu dieser Stelle hingehen. Und hier ist das Rätsel:

Die Stimmung befand sich wirklich auf dem Nullpunkt, als das Abenteuer begann. Wo war der Dieb, der die Uhr gestohlen hatte? Alle Freunde hatten sich verabredet und überlegten und suchten. Niemand wusste, ob sie den Diebstahl in ihrem Viertel aufklären würden.
„Ich habe schon eine Idee“, rief der schlaue Nils.
„Ach“, stöhnte Mira, „hör bitte auf, so neunmalklug daherzureden.“
Mit vollem Einsatz prüften die fünf Freunde alle Spuren. Kam der Bäcker als Dieb der wertvollen Uhr in Frage?
„Achtung“, rief Mira, „da kommt der Briefträger!“

Als sie sich versteckt hatten, sagte Nils: „Jetzt müssen wir unsere Fantasie benutzen!"
Mira trat aus dem Versteck und fragte den Postboten nach der Uhrzeit. Er sah mürrisch auf die Uhr. Es war die gestohlene Armbanduhr! Kein Zweifel, der Briefträger war der Dieb!

Victor und Clara taten sich zunächst etwas schwer, alle acht Zahlen zu finden. Es war ja auch echt gemein, dass die vorletzte Zahl sich über zwei Worte hinzog. Aber irgendwann war bei Clara der Groschen gefallen. Sie liebte Rätsel. Sie mussten ein bisschen kniffelig sein, erst dann machte es richtig Spaß.

Nachdem sie also die fehlende Koordinate herausgefunden hatten, hatten sie sich bei Tante Conny abgemeldet.

„Passt auf euch auf", hatte sie noch zu den beiden gesagt.

„Klar", hatte Victor geantwortet, „wir sind doch keine Kleinkinder mehr."

Und nun waren die beiden schon über eine halbe Stunde unterwegs in der brütenden Nachmittagssonne. Ssssss. Ssssss. Das Bienchen Clara war längst satt und hatte keine Lust mehr, von Blume zu Blume zu laufen.

„Es ist nicht mehr weit“, hatte Victor vor einer Viertelstunde gesagt.

Aber sie waren immer noch nicht da. Langsam wurde es Clara zu anstrengend. Da hätte sie auch mit ihren Eltern eine sterbenslangweilige Wanderung machen können. Ihr war heiß und sie hatte schrecklichen Durst. Dazu kam ein noch größerer Hunger.

Victor war es peinlich zuzugeben, dass er inzwischen auch Durst hatte. Er hätte natürlich daran denken müssen, genug Proviant mitzunehmen. „Schau nur“, sagte er zu seiner kleinen Schwester, „dort am Waldrand muss es sein, da muss unser Cache liegen.“ Victor zeigte Clara die Anzeige des GPS-Geräts. Ganz oben war darauf „320 Meter“ zu lesen.

Clara war enttäuscht. „Waaas? Wir sind erst 320 Meter gegangen? Ich falle tot um!“

„Nein“, beruhigte Victor sie, „das bedeutet nur, wie weit wir noch vom Cache entfernt sind. Schau, wenn wir weiter gehen, wird es gleich weniger: 319, 318, 317 Meter.“

„Prima, das geht doch schneller, als ich dachte.“ Clara war erleichtert. „Und was bedeutet dieser Stern?“

„Dieser Stern ist eine Kompassnadel und zeigt uns die Richtung. Guck mal, die Spitze zeigt dahin.“ Victor deutete zum Wald. Er wollte querfeldein losstürmen, aber Clara hielt ihn auf. Zwischen ihnen und dem Wald lag ein riesiges Maisfeld, die Maiskolben ragten mannshoch aus dem Boden.

„Und wenn wir uns da drinnen verlaufen? Außerdem kann man doch ganz leicht etwas kaputt machen“, warnte Clara.

Victor schüttelte den Kopf. „Die Maispflanzen sehen eher so aus, als wollten sie uns kaputt machen.“

Die beiden fanden am Feldrand einen Weg an den Maiskolben vorbei Richtung Wald. Auf dem Feldweg lärmte der Sommer. Insekten summten, Grillen zirpten, Vögel zwitscherten, der Wind säuselte sanft durch die Maiskolben. Als sie in den Wald gingen, wurde es hingegen ganz still. Hohe Fichten umfingen sie. Die Bäume standen so dicht, dass nur schmale Streifen Sonnenlicht bis zum Boden schienen. Clara und Victor schlichen vorsichtig weiter. Ein Weg war nicht zu erkennen. Plötzlich standen sie auf einer kleinen Lichtung. Hier hätte auch Bambi grasen können, so friedlich war es.

„In 5 Meter Umkreis muss der Cache versteckt sein“, meldete Clara, die das GPS-Gerät inzwischen übernommen hatte. „Denn hier sind die Koordinaten, die wir herausgefunden haben.“

Nun suchten die beiden, wie man es vom Ostereiersuchen kennt. Lag der Cache im Gras? War er hinter einem Baum versteckt? Unter einer Wurzel? Wie sah der Schatz überhaupt aus? Überall schauten Victor und Clara nach, konnten aber nichts entdecken. Da sahen beide gleichzeitig einen kurzen Baumstamm, der dort wohl schon viele Jahre liegen musste, so bemoost war er. Irgendwie hatten Clara und Victor das sichere Gefühl, das Versteck gefunden zu haben.

Sie fühlten von allen Seiten unter den Baumstamm, bis Victor mit einem Triumphgeheul eine Dose darunter hervorzog. Victor und Clara umarmten sich und tanzten vor Freude um den Baumstamm herum. Ihr erster Cache!

„Schau mal, Victor“, krähte Clara vor Freude, „was das für eine Box ist!“

Es war tatsächlich die gleiche Frühstücksbox, wegen der Clara gestern noch Ärger mit ihrer Mutter gehabt hatte. Doch dieser Streit schien schon ewig her zu sein. Im Unterschied zu ihrer Box war die im Wald allerdings mit einem unversehrten Verschluss ausgestattet.

„Los schnell, mach doch mal auf“, drängte Victor.

In der Box lag ein kleiner Schreibblock und ein Bleistift. Sie schauten auf den Block. Einige Geocacher hatten schon eingetragen, dass sie den Cache gefunden hatten. Clara schrieb ihren Namen und das Datum in den Block ein. Dann übernahm Victor und strich erst einmal Claras Namen durch.

„Was machst du denn da?“, protestierte Clara lautstark.

„Das habe ich im Internet gelesen“, erklärte Victor. „Man soll nie seinen richtigen Namen in die Logbücher schreiben. Ein Spitzname oder Fantasiename ist besser. Schau mal, hier haben schon Alpenveilchen, Sissi und Schneewittchen unterschrieben. Oder glaubst du, dass wirklich Schneewittchen mit ihren sieben Zwergen diesen Cache gefunden hat?“

Clara knuffte ihren Bruder in die Seite und entriss ihm den Schreibblock. Diesmal unterschrieb sie mit GOMO, ihrem Namen als Schimpansenmädchen. Und Victor nannte sich beim Geocachen Kapitän Hook.

In der Box verteilt lagen viele kleine Spielzeuge: Diddl-Mäuse, ein Autoquartett, eine Trillerpfeife, Aufkleber, Schlüsselanhänger. Außerdem war ein Zettel dabei, auf dem stand, dass man sich eins dieser Spielzeuge herausnehmen dürfe. Clara entschied sich für eine süße Maus. Victor nahm sich die Trillerpfeife. So eine Pfeife konnte er bestimmt irgendwann einmal gebrauchen. Im Gegenzug legte er ein Jo-Jo und ein paar Büroklammern aus den Tiefen seiner Hosentaschen hinein. Sorgfältig verschlossen die beiden die Box dann wieder und versteckten sie an der gleichen Stelle unter dem Baumstamm.

Das war also ein Cache gewesen. Ihr erster Schatz. Sie waren jetzt richtige Geocacher. Stolz und glücklich liefen sie zum Lindenhof zurück. Das mussten sie alles unbedingt Onkel Christian und Tante Conny erzählen. Und auch Sven, dem alten Stinktier, wenn er sich denn dafür interessieren würde.

Die unheimliche Höhle

Am Abend konnte Victor vor Aufregung kaum einschlafen. Morgen würden sie wieder neue Caches suchen. Clara hingegen war schon lange im Reich der Träume. Sie lag auf dem Bauch und ihr linker Arm hing schlaff aus dem Bett heraus. Aber die Diddl-Maus aus dem Cache hielt sie immer noch fest umklammert.

Beim Abendessen auf dem Lindenhof hatten die beiden von ihrem ersten Cache auf der Lichtung er-

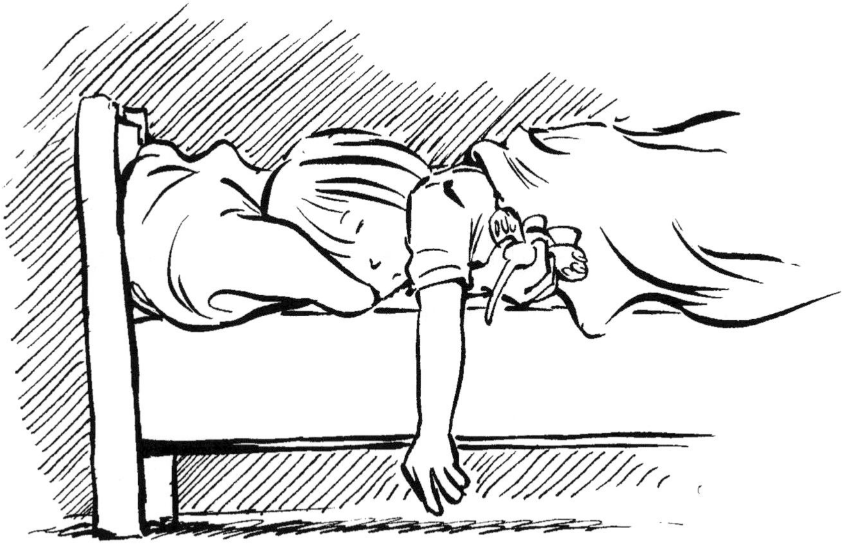

zählt. Und Victor war es so vorgekommen, als ob sogar Sven halb interessiert zugehört hatte. Onkel Christian hatte versprochen, ihnen am nächsten Tag ein paar interessante Caches zu zeigen, die er auch schon ausprobiert hatte. Zufrieden dämmerte Victor in einen Traum, in dem er der größte Cache-Finder war, den die Welt je gesehen hatte.

Am nächsten Morgen wurden Victor und Clara sehr früh nicht vom Hahn, sondern von Onkel Christian geweckt. Der stürmte in ihr Zimmer, riss die Vorhänge auf und rief: „Kommt ihr Schlafmützen, ich muss euch unbedingt etwas zeigen, bevor ich aufs Feld gehe."

In ihren Schlafanzügen drängelten sich Victor und Clara vor dem Computer. Onkel Christian erklärte ihnen, was er entdeckt hatte: „Hier ist eine Homepage für die schwierigsten und spannendsten Caches in Deutschland. Leider sind die meisten sehr weit von der Eifel entfernt, das lohnt sich nicht für mich. Und für euch erst recht nicht. Aber heute morgen habe ich endlich einen tollen Multi-Cache in unserer Nähe gefunden."

„Multi-Cache, was soll das denn sein?“, hakte Clara nach. „Ich kenne nur Multivitaminsaft.“

Victor erklärte: „Multi ist lateinisch und heißt viele. Im Multivitaminsaft sind ganz viele Vitamine versammelt, und ein Multimillionär ist so reich, weil er viele Millionen Euro besitzt.“

„Genau“, ergänzte Onkel Christian, „und ein Multi-Cache sind mehrere Caches in einem. Nicht Millionen, aber fünf bis zwölf Caches können es schon sein. Es ist wie an einer Perlenschnur. Erst wenn man den ersten Cache gelöst hat, bekommt man die Koordinaten des nächsten Caches. Bis zum großen Finale.“

Victor zeigte auf den Bildschirm. „Der Cache heißt ‚Der größte Schatz der Eifel‘ und hat fünf Sterne. Was bedeutet das?“

„Das heißt, dass es sich um einen sehr schwierigen Cache handelt. Ich weiß auch nicht, ob ihr euch als Neulinge schon an so ein großes Ding herantrauen solltet. Es kann ganz schön traurig sein, nicht weiterzukommen und kurz vor dem Ziel zu scheitern. Ich würde euch wirklich gerne helfen, aber die Heuernte duldet leider keinen Aufschub.“

Clara warf sich in Positur und wurde feierlich. „Onkel Christian“, begann sie ihre Rede, „wir sind doch keine Kleinkinder mehr. Ich werde bald zehn. Zehn Jahre, das ist doch schon irre alt. Und ich werde auf Victor aufpassen, dass ihm nichts passiert. Großes Clara-Ehrenwort.“

Victor lächelte gequält, war aber schon unterwegs, um sich endlich umzuziehen. Es war jetzt keine Zeit für Reden, sie mussten den ersten Teil des Multi-Caches lösen.

„Nein, die sieht eher wie der stinkende Misthaufen auf dem Lindenhof aus.“

„Quatsch, das ist ein Frosch, der pupst.“ Clara quakte und begann, wie ein Frosch durchs Gras zu hüpfen. Dabei machte sie kleine Furzgeräusche mit dem Mund. Victor kringelte sich vor Lachen. Sie waren auf einem schmalen Graspfad unterwegs und schauten in die Wolken. Die hatten oft sehr lustige Formen, keine sah wie die andere aus. Gerade schwebte ebendiese Wolke über ihnen, und sie waren sich nicht einig: War es die Stinkender-Misthaufen-Wolke oder die Pupsender-Frosch-Wolke?

Clara und Victor waren auf dem Weg zum Kapellenhof. Dort sollten sie erste Informationen über den Multi-Cache erhalten. Und ein Foto hatten die beiden auch dabei, das hatten sie während des hastig hinuntergeschlungenen Frühstücks ausgedruckt. Es war der Hintern einer schwarz-weiß gescheckten Kuh darauf abgebildet. Auf dem Kapellenhof sollten sie die Geburtsdaten „dieses Tiers" herausfinden, das würde dann die Koordinaten des nächsten Caches ergeben. Das klang eigentlich kinderleicht.

Bauer Günther auf dem Kapellenhof schaute sich das Foto genau an. „Ich habe das den beiden Motorradfahrern eben auch schon gesagt, so eine Kuh habe ich ganz bestimmt nicht!"

„Was für Motorradfahrer?", fragte Victor.

„So ein paar Idioten aus der Stadt, die mit Höchstgeschwindigkeit auf meinen Hof rasen und so tun, als wären sie von der Bundespolizei und überhaupt der liebe Gott persönlich. Und dann hatten sie das gleiche Foto wie ihr und wollten alle meine Kühe sehen. Ich habe aber 300 Kühe, allerdings nur dunkelbraune Angus-Rinder, ihr könnt euch ja selber umsehen.“ Bauer Günther stapfte davon.

Clara und Victor beschlossen, noch ein bisschen auf dem Kapellenhof herumzustreunen. Hier gefiel es ihnen. Es gab keinen Misthaufen in der Hofmitte und viele verschiedene Tiere. Schweine, Rinder, Katzen, Schafe, Enten, Gänse. Clara entdeckte in einem kleinen Stall außerdem sechs süße Kaninchen. Zum Schluss ihres Rundgangs gingen die beiden in ein altes, abgelegenes Stallgebäude. Dort befanden sich vier Pferdeboxen. Zwei davon waren mit stattlichen Schimmeln belegt, zwei Boxen waren leer. Hinter dem Stall erstreckte sich eine große Weide, dort grasten ein Pony und eine Kuh. Ein Pony und eine Kuh auf der gleichen Weide? Das war aber ungewöhnlich. Clara und Victor versuchten, näher an die beiden Vierbeiner heranzukommen.

„Meinst du, wir dürfen auf die Weide?“, fragte Victor seine kleine Schwester.

Die zuckte nur mit den Schultern und krabbelte gelenkig unter dem elektrischen Weidedraht hindurch. Victor folgte ihrem Beispiel und schon bald standen die beiden neben den Tieren. Was war das für eine Überraschung! Die Kuh war ein Pony! Ein kleines, gedrungenes Pony mit breiter Kruppe.

Die beiden streichelten das weiße Pony mit den schwarzen Punkten und waren sich einig, dass dies das Tier auf dem Foto sein musste. Nun mussten sie nur noch den Namen des Ponys herausfinden, dann konnten sie bestimmt auch das Geburtsdatum erfragen.

Clara versuchte, dem Pony etwas ins Ohr zu flüstern: „Ich bin eine Pferdeflüsterin“, behauptete sie. Aber das Pony wendete immer wieder den Kopf ab.

„Das Pony denkt, du willst es am Ohr knabbern“, sagte Victor und grinste.

Die beiden Geschwister rannten zurück zu den Pferdeboxen. Sie hatten Glück und trafen auf Jürgen, den Sohn des Bauern, der gerade die Boxen ausmistete. Er erklärte ihnen, dass das weiß-schwarze Pony Vroni heiße und zeigte auf Vronis Box. Bingo! An der Boxentür war eine kleine Holztafel mit dem Geburtsdatum angebracht: 10.04.1999.

Victor fand es ein wenig unheimlich im Wald. Die Luft hatte sich abgekühlt und in den Wipfeln der

hohen Bäume rauschte der Wind. Und nun führten die Koordinaten, die sich durch Pony Vronis Geburtsdatum ergeben hatten, genau vor diese Höhle. Er hatte überhaupt keine Lust, da hineinzukriechen. „Ich habe Angst, dass ich mir dort den Kopf stoße", behauptete er.

Clara glaubte ihm kein Wort. „Du bist kein Angsthase, sondern ein pupsender Frosch", zog sie ihn auf.

Doch Victor blieb stur. „Geh du mal da hinein, ich passe auf, dass diese Motorradfahrer nicht vorbeikommen. Die scheinen auch auf der Suche nach dem Multi-Cache zu sein."

Clara seufzte und verschwand in der Höhle. Zwei Minuten vergingen. Drei Minuten. Vier Minuten. Victor machte sich richtig Sorgen. Er hätte Clara nicht allein in die Höhle gehen lassen dürfen. Ohne Taschenlampe, was für ein Idiot war er denn? Am Morgen hatte er zwar ausreichend Proviant für beide in seinen Rucksack gepackt, hungern und dursten mussten sie nicht mehr wie gestern. Aber morgen würde er auch noch eine Taschenlampe mitnehmen. Fünf Minuten, sechs Minuten.

„Clara“, rief er erst zaghaft, später lauter in die Höhle hinein.

Keine Antwort. Sieben Minuten, acht Minuten. Da erstarrte Victor. Er hörte Schritte hinter sich, knackende Äste, raschelndes Buschwerk. Das war es. Clara war für immer in der Höhle verschollen, und er wurde jetzt entführt, ermordet ...

„Quak, quak, phhht!“ Clara war wieder der pupsende Frosch und tanzte um Victor herum.

„Hast du mich erschreckt!“, konnte er nur noch matt sagen. „Wo kommst du denn her?“

„Die Höhle hat einen zweiten Ausgang, da habe ich mir gedacht, ich könnte dich etwas überraschen“, sagte Clara. „Komm schnell mit, der Cache ist direkt am Eingang der Höhle, man kann dort ziemlich gut sehen.“

Die beiden krochen in die Höhle und Clara zeigte Victor eine kleine Metalldose, die mit einer Kette fest an der Höhlenwand angebracht war. Sie öffneten die Dose und sahen neben dem kleinen Schreibheft, das sie nun schon kannten, eine Kassette. Die Kassette war mit einem Nylonfaden in der Metalldose festgebunden, damit sie keiner mitnehmen konnte.

„Da müssen wir wohl hineinhören, wenn wir mehr erfahren wollen“, seufzte Victor.

Er hätte nicht im Traum daran gedacht, dass man für das Geocachen nicht nur eine Taschenlampe brauchte, sondern am besten auch einen Kassettenrekorder mitschleppte. Victor überlegte kurz und entschied dann: „Wir müssen zum Hof zurück.“

Immer noch außer Atem schauten sich Clara und Victor im Wohnzimmer des Lindenhofs um. Auf einem Tisch neben dem Bücherschrank stand eine Musikanlage. Man konnte dort CDs hören und Radio. Keine Kassetten. Außerdem hätten sie das Riesending von Anlage schlecht in den Wald schleppen können.

Webumm, Webumm, webumm. Aus Svens Zimmer im ersten Stock dröhnte HipHop. Clara und Victor schauten sich verzweifelt an. Keiner von beiden musste etwas sagen. Sie wussten auch ohne Worte, dass sie nur *eine* Chance hatten, an einen Kassettenrekorder zu kommen: Sie mussten sich in die Höhle des Löwen wagen. In die Höhle des Löwen Sven.

„Das könnt ihr hübsch vergessen, dass ich euch meinen Kassettenrekorder gebe“, schrie Sven. Nicht, dass er besonders wütend war, aber seine Musik war so laut.

Deswegen brüllte Victor zurück: „Mach doch mal die Musik leiser!“

„Was hast du gesagt?“

„LEISER!!!“

Sven trottete im Schneckentempo zu seiner Anlage und drehte leiser. Ein bisschen. Laut war es immer noch. Er verschränkte seine Arme und stellte sich vor Clara und Victor hin. „So, meine Lieblingscousine und mein Lieblingscousin ...“

„Du hast doch keine anderen“, unterbrach ihn Clara.

„Also ihr beiden, warum braucht ihr meinen Kassettenrekorder denn so dringend?“ Nachdem ihm Clara und Victor von der Kassette im Höhlen-Cache erzählt hatten, überlegte Sven kurz und sagte dann: „Zwanzig.“

OLD
Beats

„Zwanzig was?“, fragte Victor.

„Für zwanzig Euro Leihgebühr könnt ihr den Kassettenrekorder haben.“

„Du spinnst doch total.“ Clara zeigte Sven einen Vogel.

Sven zuckte mit den Schultern, wandte sich um und drehte seine Musik wieder auf volle Lautstärke.

Clara hatte vor drei Monaten in einem ziemlich grausamen Tierfilm ihres Vaters gesehen, wie sich zwei Hyänen über einen jungen Löwen hermachten. Das war nicht schön gewesen, sehr blutig. Sie hatte immer wieder ihre Hände vor das Gesicht halten müssen. Jetzt stellte sie sich vor, dass Victor und sie diese Hyänen wären. Und Sven der Löwe ...

Ohne Vorwarnung machte Sven die Musik aus und stöpselte seinen Kassettenrekorder aus der Steckdose. „Okay, ihr könnt das Ding haben.“

Clara und Victor sahen sich erstaunt an.

„Unter einer Voraussetzung: Ich komme mit!“

Udo Wackeldackel

Nun gingen sie also zu dritt an den Maisfeldern entlang. Victor mit seinem Verpflegungsrucksack und Sven mit dem kleinen Kassettenrekorder. Und Clara jagte einen kleinen, wendigen Salamander. Sie hockte sich auf den Boden und verfolgte ihn bis an den Wegesrand. Dort versteckte sich der Salamander unter einem großen viereckigen Stein.

„Das ist wohl dein Zuhause“, seufzte Clara, „na dann lasse ich dich mal in Ruhe.“ Clara lief den beiden Jungs hinterher, die inzwischen einen kleinen Vorsprung hatten. Beim Laufen sog sie tief die Luft ein. Es roch nach Sommer, so wie sie es mochte. Nach Sonne roch es, ja, die Sonne hatte auch einen Duft, wie Parfum. Es duftete frisch und nach Erde, nach Feldern, es war einfach traumhaft.

„Und damit das klar ist, wir teilen den Gewinn durch drei“, erklärte Sven Victor.

„Welchen Gewinn meinst du?“, fragte Victor verdutzt.

„Wie naiv bist du denn? Was meinst du, was sich in dem letzten Cache dieses Multi-Caches befindet? Eine Tafel Schokolade? Nein, lieber Cousin, das ist ein richtig fetter Cache, hinter dem ist halb Deutschland und die ganze Eifel her. Und im letzten Cache liegt, für den ersten, der ihn findet, ein krasser Preis. Fünfhundert Euro, tausend Euro, das wird man ja sehen. Oder es gibt einen Scheck, einen kleinen Goldbarren, Schmuck, irgendsowas. Das hat dir wohl die Sprache verschlagen, oder?"

Victor dachte nach, während Clara nach weiteren Salamandern Ausschau hielt. „Und wegen des Geldes bist du nun dabei? Ich dachte, man macht Geocaching nur so aus Spaß! Wofür brauchst du denn so viel Geld?"

Sven lächelte verträumt. „Ich will unbedingt einen Motorroller, bekomme aber keinen von meinem Vater. Also muss ich selber an Geld herankommen. Vorsicht!" Rasch zog Sven Victor und Clara in das riesige Maisfeld.

„Was ist denn los?", quengelte Clara, „du hast mir am Arm weh getan."

„Sei still", schnauzte Sven.

Versteckt zwischen den hohen Maisstauden hörten die drei Schritte. Dann kam ein riesiger Mann in ihr Blickfeld. Er blieb stehen, versuchte, sich die Schuhe zuzubinden und fluchte dabei leise. Der Mann war bestimmt über zwei Meter groß. Sein dickes Gesicht wirkte durch einen Vollbart noch breiter. Er war ein Koloss mit mächtigen Pranken und tellergroßen Händen. Mit diesen Händen hätte er eher Schiffstaue als Schnürsenkel an den Schuhen haben müssen, um sie binden zu können. Mit den dünnen Schnürsenkeln an seinen Arbeitsstiefeln hatte er daher große Mühe. Schließlich hatte er wohl genug von der Fummelei, rappelte sich wieder hoch und ging brummend weiter. Die Schnürsenkel waren immer noch offen.

„Wer war denn dieser Riese?“, wollte Victor wissen.

„Das war Klaus, der Schreiner“, erklärte Sven. „Oder auch Klaus, der Dachdecker. Oder auch Klaus, der Maurer. Klaus macht alles im Dorf, was man nicht selber schafft. Alle kennen ihn, dabei redet er eigentlich kaum etwas.“

Clara kicherte. „Klaus sah aus wie der Weihnachtsmann im Sommerurlaub. Eher harmlos als bedrohlich."

Sven verzog das Gesicht. „Bei Klaus weiß man nie. Ich wäre da vorsichtig."

Als Klaus weg war, kehrten die drei Geocacher zurück auf den Feldweg, gingen diesen bis zum Waldrand entlang und tauchten zwischen die dicht stehenden Fichten ein. Bei der Höhle angekommen, krochen sie hinein und knieten sich vor die Box. Dann endlich konnten sie die Kassette in Svens Rekorder einlegen und gespannt der kurzen Geschichte lauschen:

In Manderscheid in der Eifel lebte einmal der ehrenwerte Herr Wackeldackel. Herr Wackeldackel war allseits beliebt. Wenn er durch das kleine Städtchen ging, grüßte er rechts und er grüßte links. Herr Wackeldackel lebte allein, und es gab keinen Manderscheider, der ihn jemals besucht hätte. Aber Herr Wackeldackel sang sogar im Kirchenchor. Und war im Wanderverein. Das Merkwürdige war nur: Er trug immer einen großen, grauen Mantel. Auch im Sommer, wenn es 35 Grad warm war und alle Menschen schwitzten. Da wunderten sich alle, aber er sagte dann nur achselzuckend: „Ich mag meinen

Mantel." Das Geheimnis von Herrn Wackeldackel war: Er hatte Flügel. Richtig große Flügel mit Federn daran. Aber er konnte nicht fliegen. Das machte ihn sehr traurig. Denn er war der letzte Engel, der auf der Erde geblieben war. Und weil er ein Engel war, konnte er, wenn er wollte, den Menschen jeden Tag einen Wunsch erfüllen. Damit das Wünschen auch klappte, durften die Menschen aber nicht wissen, dass er ein Engel war. Herr Wackeldackel musste seine Flügel daher verstecken und immer höllisch aufpassen, dass er keinen Fehler machte. Neulich war ihm, als er beim Bäcker zahlen wollte, ein Flügel herausgerutscht. Der Bäcker hatte aber gerade nicht hingeguckt. Und als Herr Wackeldackel beim Metzger war, fielen plötzlich schrecklich viele Federn aus seinem Mantel. Das hatte aber zum Glück ebenfalls keiner gemerkt. Alle waren nämlich ganz aufgeregt, weil der Metzgergeselle sich gerade mit dem Fleischerbeil einen Finger abgehackt hatte. Aua! Die Leute liefen umher und riefen nach Hilfe. Aber der Metzgergeselle hat sich natürlich ganz fest gewünscht, dass der Finger wieder drankommt. Und dann hat Herr Wackeldackel ihm diesen Wunsch erfüllt, ist doch klar! Wenn du auch einen Wunsch hast, ruf doch einfach Herrn Wackeldackel in Manderscheid an. Keine Scheu, er freut sich, deinen Wunsch zu erfüllen.

Die drei schauten sich ratlos an, legten jedoch die Kassette zurück in die Box und verstauten den Cache wieder an seinem ursprünglichen Platz.

„Was für eine uncoole Geschichte“, motzte Sven, als sich die drei vor der Höhle zu einem Kriegsrat zusammensetzten.

Doch Clara antwortete: „Ich habe mich zu Tode erschreckt, als sich der Metzgergeselle den Finger abgehackt hat. Das hat doch bestimmt unglaublich wehgetan.“

„Ich habe mal gelesen“, merkte Victor an, „dass man bei solchen Unfällen wegen des Schocks überhaupt keine Schmerzen hat. Und dank Herrn Wackeldackel hat er seinen Finger doch ganz schnell wiedergehabt.“

„Dank Herrn Wackeldackel“, äffte Sven Victor nach. „Wackeldackel, was ist das denn für ein Name, den gibt es doch gar nicht. Das war doch nur ein Märchen für Kleinkinder wie euch, die noch an den Weihnachtsmann glauben."

„Lasst uns doch einfach mal bei Herrn Wackeldackel anrufen", schlug Victor ganz praktisch vor.

„Hast du denn die Nummer von ihm?", fragte Clara.

„Da fragen wir bei der Auskunft nach", antwortete ihr Bruder. „Sven, hast du nicht dein Handy dabei?"

Widerwillig zog Sven das Handy aus seinem Kapuzenpullover. Er schüttelte den Kopf. „Kein Empfang."

„Dann raus aus dem Wald", schlug Victor vor.

Plötzlich hörten die drei ein Geräusch. Ein Geräusch, das eigentlich nicht in den Wald gehörte: ein Motorrad.

„Kommt, schnell", rief Victor, und die drei krabbelten einen kurzen Anstieg hinauf und versteckten sich hinter einem großen Stein oberhalb der Höhle. Von hier aus konnten sie die bemooste Freifläche vor dem Höhleneingang überblicken. Ein Motorrad raste den schmalen Waldweg entlang.

„Darf man hier im Wald denn Motorrad fahren?“, fragte Clara flüsternd. Victor stieß sie in die Seite und legte den Finger auf den Mund.

Fünf Meter vor der Höhle hielt das Motorrad an. Zwei Menschen stiegen ab. Alles an ihnen war schwarz. Schwarze Stiefel, schwarze enge Lederhosen, glänzende schwarze Jacken. Und schwarze Helme, sodass man ihre Gesichter nicht erkennen konnte. Die drei versuchten zu hören, was die beiden Gestalten miteinander besprachen. Aber wegen der Helme war nichts zu verstehen.

„Wie Marsmenschen sehen die beiden aus“, flüsterte Victor in Claras Ohr. Der eine Außerirdische hatte ein GPS-Gerät dabei, der andere machte mit einer kleinen Digitalkamera ständig Fotos. Von der Höhle und von dem Marsmenschen mit dem GPS. Dann verschwanden die beiden in der Höhle. Sven, Victor und Clara konnten nun nichts mehr sehen, hörten nur ab und an ein leises Brummen. Minuten später kamen die beiden Gestalten wieder heraus und stiegen auf ihr Motorrad. In der Hand des Marsmenschen, der hinten saß, blitzte etwas auf.

„Habt ihr das gesehen?“, fragte Sven wütend.

Clara und Victor starrten den beiden Motorradfahrern hinterher.

Clara fand als erste die Sprache wieder. „Die beiden Blödmänner haben die Kassette geklaut. Rausgerissen, abgesägt, was weiß ich."

Sven nickte. „Ja, die Geschichte ist weg. Aber das ist eher das Problem der Geocacher, die nach uns kommen. Gott sei Dank haben wir die Kassette schon gehört. Aber ich sage euch, so leicht wird es mit diesem Multi-Cache nicht werden. Ich schätze, wir haben einige ernst zu nehmende Konkurrenten. Auf jeden Fall diese beiden fiesen Motorradfahrer. Und Klaus, sage ich euch, war auch nicht hier, um Blümchen zu pflücken. Los, wir müssen uns beeilen."

Am Waldrand, unweit der Maisfelder, gab es wieder Handyempfang. Sven hatte sich bereit erklärt, die Auskunft anzurufen. Aber nur unter der Voraussetzung, nicht den wahren Grund des Anrufs preiszugeben. „Entschuldigen Sie die Frage", fing Sven an, „aber es geht um eine Wette. Gibt es einen Herrn Wackeldackel in Manderscheid?"

Was die Auskunft Sven antwortete, konnten Clara und Victor nicht hören, aber sie sahen, wie Sven fast die Augen aus dem Kopf fielen.

„Da-da-danke“, stammelte er, legte auf und starrte entgeistert auf sein Handy.

„Was ist denn jetzt?“, fragte Victor.

„Diesen Wackeldackel gibt es wirklich. Udo Wackeldackel heißt er, und seine Nummer ist, äh, habe ich jetzt vor Schreck ganz vergessen.“

Also rief Sven noch einmal die Auskunft an und diktierte Victor, der eifrig mitschrieb, die Nummer von Herrn Wackeldackel.

Dann holte Sven tief Luft und wählte die Nummer von Herrn Wackeldackel. „Es läuft ein AB“, sagte er.

Sofort drängelten sich Clara und Victor so nah wie möglich an Svens Handy heran, um etwas mitzuhören:

„Guten Tag, mein Name ist Wackeldackel, vorne Wackel, hinten Dackel. Leider kann ich Ihren Anruf nicht persönlich entgegennehmen, da ich nicht da bin. Haben Sie einen Wunsch? Mit Geld, Gold und ewigem Leben kann ich leider nicht dienen. Wünschen Sie sich aber vielleicht zwei Koordinaten, um an den nächsten Cache zu kommen? Kein Problem, hier sind sie: N 050°05.900 und E 006°49.425. Ach ja. Allein die Koordinaten werden Ihnen nicht weiterhelfen. Sie brauchen auch einen Liter H_2O und den kleinen, leichten Teil einer Weinflasche, der ungefähr 50 Cent kostet und den man nicht trinken kann. Viel Glück weiterhin wünscht Ihnen Ihr immer treu ergebener Udo Wackeldackel."

Kein Saft!

Klar, dass Clara, Victor und Sven supergute Laune hatten, als sie die Nachricht abgehört hatten. Schnell gaben sie die Koordinaten in ihr GPS-Gerät ein.

„Das gibt es doch nicht, schaut mal, der nächste Cache ist nur 900 Meter weit entfernt“, rief Victor und zeigte in die Richtung, in der auch der Lindenhof lag. Das hob die Stimmung noch einmal. Also machten die drei sich sofort auf den Weg.

„Pieps!“ Victor drehte sich um. Welches Tier machte Clara denn jetzt wieder nach? „Pieps!“ Doch das Geräusch kam nicht von Clara. Victor schaute auf das GPS-Gerät in seiner Hand. „Pieps!“ Auf der Anzeige des GPS-Geräts erschien ein großer Warnhinweis: Niedriger Batteriestatus. Das piepsende Geräusch kam damit eindeutig vom GPS-Gerät.

„Hat einer von euch zufällig Batterien dabei?“

Clara und Sven schüttelten den Kopf. Victor sah wieder auf die Anzeige. Noch 800 Meter bis zum nächsten Cache. Dann wurde das Display schwarz.

Victor versuchte, das Gerät neu zu starten. Aber es blieb tot. Wieder etwas gelernt, das nächste Mal, schwor sich Victor, würde er auch Ersatzbatterien mitnehmen.

„Es hat keinen Zweck, wir müssen zurück zum Lindenhof“, teilte er den beiden anderen niedergeschlagen mit. Die gute Laune war verflogen.

„Ah, lecker“, Clara leckte sich die Lippen und rülpste leise.

Tante Conny grinste. „Das war jetzt bestimmt dein zwölftes Glas Wasser, Clara! Morgen müsst ihr mehr zu trinken mitnehmen, wenn ihr auf eure Schatzsuche geht“, empfahl sie.

Die drei Geocacher saßen mit Onkel Christian und Tante Conny um den großen Küchentisch und löffelten eine klare Suppe.

„Morgen?“, protestierte Victor. „Wenn wir die Batterien ausgetauscht haben, gehen wir sofort wieder los. Wir haben keine Zeit zu verlieren. Sonst klauen die gemeinen Motorradfahrer auch noch den nächsten Cache. Und wir stehen wie die Volldeppen da.“

Onkel Christian runzelte die Stirn. „Das gefällt mir gar nicht, diese Geschichte mit den Motorradfahrern, die ihr mir erzählt habt. Am liebsten würde ich euch begleiten, aber bei der Heuernte habe ich nicht einmal die Hälfte geschafft. Ich rufe sicherheitshalber mal meinen Freund Horst an. Der ist der Bezirksförster und soll ein Auge auf die beiden Außerirdischen haben. Es ist nämlich strafbar, mit dem Motorrad durch den Wald zu sausen. Das ist katastrophal für das Jungwild."

„Aaah!" Clara hatte gerade ihr dreizehntes Glas getrunken und wischte sich den Mund mit dem Arm ab. „Sag mal, Onkel Christian, werden wir bald alle reich sein?"

„Wieso?" Onkel Christian schaute sie belustigt von der Seite an.

„Es ist so", Clara rutschte aufgeregt auf der Küchenbank hin und her, „Sven hat gesagt, im letzten Cache wären richtige Reichtümer!"

Sven wurde rot und beobachtete ganz aufmerksam die Fettaugen in seiner Suppe.

„Sven? Was setzt du den beiden solche Flausen in den Kopf? Oder weißt du es nicht besser?" Onkel Christian schaute streng zu seinem Sohn hinüber. Aber der fand die Fettaugen immer noch total interessant.

„Also, es gibt ein paar Regeln, was in Caches hineingehört und was nicht. Zum Beispiel hat Nahrung nichts in einem Cache verloren. Sie kann zu leicht schlecht werden und schon hat man sich den Magen verdorben. Und reich werden kann man beim Geocachen auch nicht. Dann hätte ja nur der erste Finder etwas von dem Schatz. Aber Geocachen soll doch allen Spaß machen. Deswegen ist es auch eine Riesensauerei von den Motoradfahrern, die Kassette zu klauen. Das macht man nicht!"

So sauer hatten Clara und Victor ihren Onkel noch nie gesehen. Sven schaute kurz von seiner Suppe auf und machte den Geschwistern ein Zeichen, ins Wohnzimmer zu kommen.

„Oh Gott", stöhnte er, „Vaters Predigten. Als nächstes wäre jetzt gekommen, ich solle bei der Heuernte helfen, dabei würde ich Geld verdienen. Ich denke gar nicht daran." Sven fummelte an der Fernsehfernbedienung herum.

„Was machst du denn da?“, fragte Victor.

„Hast du eine bessere Idee, wie wir an Batterien für das GPS-Gerät kommen?“, giftete Sven zurück.

„Bist du denn auch dabei, wenn es kein Geld zu holen gibt?“, fragte Clara schüchtern.

„Klar, besser als Heu zu ernten, ist das auf jeden Fall. Und ich will es den Motorrad-Spacken zeigen.“

Das Geheimnis des Grenzsteins

„Tzri, tzri, tzri!“ Clara flötete in den höchsten Tönen. Das GPS-Gerät funktionierte wieder tadellos, und der Richtungspfeil im Anzeigefeld des GPS-Geräts führte die drei wiederum zum Maisfeld. Die Entfernung zum Cache war jetzt nur noch mit 300 Metern angegeben.

„Tzri, tzri, tzri“, machte Clara wieder.

„Du kannst ja richtig gut Tierstimmen nachmachen“, sagte Sven anerkennend. „Das ist eine Amsel, oder?“

„Ja“, sagte Clara stolz, „und weißt du, wie viele Strophen ein Amsellied haben kann? 400 Strophen lang kann eine Amsel singen, toll, was?“

Verwundert schaute Sven Clara hinterher, die amselhaft auf dem Feldweg hin- und herflog.

„Sag mal Victor“, fragte Sven seinen Cousin, „wahrscheinlich habe ich in der Schule gerade weggehört, aber was meinte Herr Wackeldackel vorhin mit dem Ha-Zwei-Oh, das wir für den nächsten Cache brauchen würden?“

Victor rückte seine Brille zurecht, indem er sie mit dem rechten Zeigefinger wieder auf die Nase schob. „H_2O ist ganz einfach die chemische Formel für Wasser. Und davon haben wir ja nun reichlich dabei“, stöhnte er. Denn Tante Conny hatte darauf bestanden, ihm drei Wasserflaschen in den Rucksack zu packen.

Aber Victor hatte auch noch ein ganz anderes Problem, das ihn beschäftigte: „Ich grübele die ganze Zeit darüber nach, was wohl der Engel Udo Wackeldackel damit gemeint hat: Man bräuchte ein kleines, leichtes Teil einer Weinflasche, das ungefähr 50 Cent kostet und das man nicht trinken kann? Der Wein selber kann es nicht sein, denn den kann man trinken.“

„Und das Glas kann es nicht sein, denn dann würde man am Altglascontainer ja stinkreich“, ergänzte Sven. „Aber mein Großvater ist Winzer an der Mosel. Und der stöhnt immer, dass der Preis für Kork so gestiegen ist, er würde bald nur noch Wein mit Schraubverschluss herstellen.“

„Das ist es, wir brauchen einen Korken.“ Victor grinste und kramte etwas aus seiner Hosentasche.

„Wo hast du denn den Korken her?" Sven staunte. „Du bist elf Jahre alt, säufst du schon?"

„Quatsch. Hast du nicht gesehen, dass in dem Höhlencache neben der Kassette und dem kleinen Schreibblock jede Menge Korken gelegen haben?"

„Ja schon, aber ich dachte, dass da einer seinen Müll abgeladen hat."

„Ich auch, aber ich habe mir sicherheitshalber einen mitgenommen, man weiß ja nie."

Sven strahlte und schlug seinem kleinen Cousin auf die Schulter: „Na, mit dir als Schatzsucherkollege kann ja nichts schief gehen!" Victor staunte. So nett war Sven noch nie zu ihm gewesen.

Die drei jungen Geocacher hatten die Stelle erreicht, die die Koordinaten von Herrn Wackeldackel vorgegeben hatten. Im Umkreis von drei bis vier Metern musste der Cache versteckt sein. Sie waren in den letzten beiden Tagen schon oft an dieser Stelle vorbeigekommen. Auf der einen Seite lag das Maisfeld, in dem sie sich vor Klaus versteckt hatten. Auf der anderen Seite blickten sie über die Felder des Linden- und Kapellenhofs hoch zum Stiftsberg.

Wo sollte hier denn der Cache versteckt sein? Sven setzte sich erschöpft auf einen Grenzstein.

Clara wuselte um ihn herum. „Pass auf Sven, dass du dich nicht auf den süßen Salamander setzt, den ich heute Morgen hier gesehen habe. Sonst wird der ganz platt“, sagte sie.

Victor war im Maisfeld verschwunden und suchte dort nach dem Cache.

„Saaalamaander!“, lockte Clara, das Gesicht ganz nah an dem Grenzstein.

„Victor, Hilfe, komm mal schnell, deine kleine Schwester spielt gerade verrückt“, rief Sven ins Maisfeld hinein.

Victor kämpfte sich durch die riesigen Maispflanzen zurück auf den Weg und klopfte sich den Staub aus dem T-Shirt.

„Was ist los?“, fragte er.

„Deine kleine Schwester ist ein bisschen seltsam, sie schreit den Stein an“, flüsterte Sven ihm zu und machte eine Wischbewegung vor seinem Gesicht.

Tatsächlich hockte Clara am Boden und hatte den Mund an den Stein gepresst. „Da ist ein Loch im Stein, in dem hat sich mein kleiner Salamander bestimmt versteckt. Ich will ihn bloß hinauslocken. Saaalamaander!“, rief sie wieder.

„Zeig mal“, sagte Sven und erhob sich schwerfällig von dem Stein.

„Was ist das denn?“ Victor deutete auf die raue Oberfläche des Grenzsteins.

Da sahen es alle. Auf der Oberseite befand sich auch ein Loch.

„Oben ein Loch und an der Seite ein Loch. Ob die wohl beide miteinander verbunden sind?“, überlegte Victor.

„Schütt doch mal oben Wasser rein, dann werden wir es ja sehen“, schlug Sven vor. „Von Wasser hat doch Herr Wackeldackel auch etwas gesagt.“

Victor nahm eine Flasche Wasser aus seinem Rucksack und schüttete vorsichtig etwas davon in das obere Loch. Unten träufelte das Wasser wieder heraus. Sonst passierte nichts.

„Und nun?“ Victor war ratlos.

Clara schlängelte über den Boden wie eine Schlange, scheinbar suchte sie immer noch den Salamander. „Ich glaube, hinter dem unteren Loch steckt etwas fest“, sagte sie, und versuchte, diesen Gegenstand mit ihren schmalen Fingern aus dem Loch herauszupulen. Das gelang aber nicht.

„Lass mich mal gucken“, sagte Sven und schubste sie weg. Er verglich mehrmals beide Löcher in dem Grenzstein. „Wisst ihr, was ich glaube? Die beiden Löcher sind nicht gleich groß. Und dort unten steckt etwas fest, das nicht durch die untere Öffnung passt!“

„Dann stecken wir da unten doch einmal unseren Korken hinein“, schlug Victor vor. Er kniete sich hin. Der Korken passte hervorragend. Victor nahm die nächste Flasche Wasser aus seinem Rucksack und schüttete sie in das obere Loch. Immer noch nichts passierte. „Dann müssen wir auch nicht mehr so viel schleppen“, sagte Victor und goss die dritte Flasche in das Loch des Grenzsteins. Mit dem letzten Tropfen schwappten den drei durch das obere Loch zwei kleine Gegenstände entgegen. Es waren zwei runde Plastikdosen. Sie waren durch das Wasser hochgespült worden.

„Ich kenne solche Dosen“, sagte Sven. „Da hat man Filme drin aufbewahrt, bevor es Digitalkameras gab.“

Sven und Clara öffneten die kleinen Behälter und holten viele kleine gefaltete Zettel hervor. Für alle, die den großen Eifel-Multi-Cache lösen wollten, gab es eben auch viele Kopien.

Nordkoordinate: 050°0a.bcd

	1	2	3		4		5	6
	7	3	2	6	a	8	9	1
9	5	6	1	8	7	b	3	4
3	4	1	8	5		9		7
6			9	c	3			2
5		9		4	6	3	1	8
1	3		5	7	8	6	2	9
7	6	5		2	9	1	8	d
2	9		6		1	4	7	

„Was ist denn das, Hüpfekästchen?“, fragte Clara, weil sie aus den vielen Zahlen und Kästchen auf den Blättern nicht schlau wurde.

„Das sind japanische Zahlenrätsel, so genannte Sudokus“, sagte Sven. „Die mache ich sogar ziemlich gerne.“

„Das ist ja schön, dass du was zu rätseln hast, Sven“, spottete Victor. „Aber wie führen uns diese Sudokus zum nächsten Cache?“

Ostkoordinate: 006°ab.cde

1	2	3	4		5		6	7
	6		8	2		1		4
9	4	8	7	6		5	3	2
8	1		3	7	4	6	2	9
6			1		9		a	8
7	9	4	2	8	6		5	1
3	8	1		4	2	9	7	6
2	b	6		3	8	d	1	c
4	5		6	e	7	2	8	3

Sven zeigte es ihm: „Über dem einen Sudoku steht Nordkoordinate, über dem anderen Ostkoordinate und es sind jeweils einige Kästchen markiert. Wenn wir die Sudokus gelöst haben, haben wir die nächsten Koordinaten."

Während Victor und Sven über den Sudokus brüteten, faltete Clara die anderen Zettel.

Sven schaute auf. „Was machst du da?"

„Ich packe die übrigen Zettel zurück in die Plastikdosen und verstecke sie wieder in dem Grenzstein", erwiderte Clara.

„Damit sie dann die schwarzen Außerirdischen finden und mitnehmen?", motzte Sven. „Steck die Zettel doch einfach in die Tasche, dann können die Idioten sehen, wie es ist, wenn man einen Cache klaut!"

„Das machen wir auf keinen Fall", schritt Victor ein. „Dann sind wir auch nicht besser als die und haben es bestimmt nicht verdient, den letzten Cache zu finden."

„Verdient, verdient!", regte sich Sven auf. „Wer fair ist, hat ja anscheinend keine Chance bei diesem bekloppten Geocaching. Ihr könnt alleine weitersuchen.“ Wütend wendete er sich ab und machte sich auf den Weg Richtung Lindenhof.

Clara wollte ihm hinterherlaufen.

„Lass den Blödmann“, riet ihr Bruder.

„Tschilp, tschilp.“ Ein Kanarienvogel, der Clara sehr ähnelte, umschwirrte Sven.

„Hör auf mit dem Quatsch, Clara“, fauchte Sven.

„Jetzt komm, Sven, sei nicht so. Soll ich dir mal was sagen: Victor und ich fanden dich ehrlich gesagt ganz schrecklich. Schon immer. Ich habe, hat mir meine Mutter erzählt, wohl mit vier Jahren mal bei einer Familienfeier gefragt, ob man sich nicht neue Cousins im Geschäft kaufen könne.“

Sven war stehen geblieben und musste ein bisschen grinsen. „Was willst du, Clara?“

„Also, ohne dich wären wir nicht weitergekommen. Ohne deinen Kassettenrekorder und dein Handy und überhaupt ... Wir sollten alle drei zusammen weitermachen. Weil wir dich doch brauchen, um es den schwarzen Außerirdischen zu zeigen. Bitte. Aber fair.“

Sven schaute in die Ferne und sagte erst einmal lange nichts. Dann wendete er, ohne etwas zu sagen, legte den Arm kurz um Clara und ging mit ihr zurück Richtung Grenzstein.

Eine unangenehme Überraschung

Nach der Nachmittagshitze am Maisfeld befanden sich Victor, Clara und Sven nun am südlichen Ende des Felsenwalds. Hier war es angenehm kühl. Sie hatten beide Sudokus gelöst und die neuen Koordinaten in ihr GPS-Gerät eingegeben. Dann waren sie dem Richtungspfeil auf der Anzeige bis in den Wald hinein gefolgt. An einem kleinen Bach, der sich durch die Buchen und Birken schlängelte, führte ein schmaler Pfad entlang.

„Schön ist es hier“, sagte Clara. Sie sog den frischen Duft der Nadeln ein. Dann blieb ihr Blick am fröhlich glitzernden Bach hängen. Sie kletterte eine kleine Böschung hinunter und ging in die Knie.

„Ich hab Durst. Meint ihr, ich kann aus dem Bach trinken?“

Victor schaute Sven an und zuckte mit den Schultern. Er hatte ein schlechtes Gewissen. Drei Liter Wasser hatte ihnen Tante Conny gegen den Durst mitgegeben, und die hatten sie vergeudet, um an den Grenzstein-Cache zu kommen.

Sven überlegte kurz. „Ich glaube, dieser Bach entspringt nicht weit von hier in den Felsen. Das Wasser müsste sauber sein."

Alle drei hockten sich am Bach nieder, formten mit den Händen Hohlräume und tranken gierig.

„Ist das lecker!", sagte Victor erleichtert.

„Hier hast du noch mehr, wenn du es so erfrischend findest“, meinte Sven und schleuderte ihm Wasser ins Gesicht. Das ließ sich Victor natürlich nicht gefallen und spritzte zurück. Schnell machte Clara auch mit und in kurzer Zeit tobte die schönste Wasserschlacht.

Wrroum!!! Ein Geräusch wie ein Erdbeben ließ die Luft erzittern. Clara, Victor und Sven erstarrten. Tropfenweise rann das Wasser aus ihren Haaren, T-Shirts und Shorts. Sie kauerten sich neben den Bach. Über ihren Köpfen sausten die beiden schwarzen Außerirdischen auf ihrem Motorrad entlang. Aus dem Wald hinaus!

„Meint ihr, die haben uns gesehen?“, fragte Victor ängstlich.

„Niemals“, antwortete Sven, „die waren so schnell, die haben weder links noch rechts geschaut. Aber lasst uns jetzt sofort den Cache suchen. Die beiden scheinen ihn schon gefunden zu haben. Wollen wir hoffen, dass sie ihn nicht mitgenommen haben. Das kommt nur von eurer Ehrlichkeit, die restlichen Sudoku-Rätsel wieder im Grenzstein zu verstecken. Verdammt!“

Die drei krabbelten die Böschung hoch und rannten den Waldweg entlang.

Mit starrem Blick auf die Anzeige des GPS-Geräts schnaufte Victor: „Noch 80 Meter bis zum Cache."

Sven bremste plötzlich. „Stopp", rief er leise und breitete bremsend die Arme aus. „Schaut mal da."

Aus der Deckung einer riesigen Eiche erspähten die drei in einiger Entfernung eine Holzbrücke über dem Bach. Viel konnte man nicht erkennen, aber einer war weithin sichtbar: Klaus! Er machte sich da an irgendetwas zu schaffen. Selbst aus der Ferne hörte man ihn laut fluchen. Nach Minuten, die sich wie endlos dehnten, ging er mit riesigen Schritten weg. Quer durch den Wald, aber – Gott sei Dank – genau in die andere Richtung.

Vorsichtig näherten sich die drei der Brücke. Sie schauten sich aufmerksam nach allen Richtungen um, ob die Luft jetzt auch wirklich rein war.

„Hier im Wald ist ja mehr los als in der Fußgängerzone in Bochum zur Weihnachtszeit", flüsterte Victor. An der Brücke angekommen, sahen sie, dass sie sich tatsächlich an den angegebenen Koordinaten befanden. Sehr auffällig war, dass unter der Brücke eine blaue Wassertonne hing. Sven war der größte von ihnen und versuchte, vom Bach aus an die Tonne heranzukommen. Dass er dabei nass wurde, störte ihn nicht sonderlich. Es war warm, und durchnässt war er nach der Wasserschlacht sowieso. Aber so sehr er sich auch reckte, er konnte die Tonne nicht erreichen.

„Uh, Uh", rief Clara durch den Wald und kratzte sich dabei mit beiden Händen unter den Achseln.

„Oh Gott, spielst du wieder Schimpanse?", fragte ihr Bruder genervt.

Beherzt kletterte Clara über das Geländer der Brücke und schwang sich wie Tarzan unter der Brücke von Holzbohle zu Holzbohle. An der Tonne angekommen hielt sie sich sogar nur mit einem

Arm fest, um mit der anderen Hand den Verschluss zu öffnen.

Vom Bach aus dirigierte Sven sie: „Ja, du schaffst es, gleich kannst du hineinschauen!“

Mit hochrotem Kopf krabbelte Clara wieder auf die Brücke zurück. Victor half ihr dabei. Schwer atmend schüttelte sie den Kopf.

„Du hast es nicht geschafft, den Deckel der Tonne zu öffnen, habe ich recht?“, fragte Victor.

Clara schüttelte noch heftiger den Kopf. „Nein“, sagte sie, „der Deckel der Tonne ging ganz leicht auf. Aber es war nichts drin.“

Die Jungs waren sprachlos. Lange schwiegen sie sich an. Keiner der drei wusste, was zu tun war. Langsam wurde es immer dunkler um sie herum.

Sven ergriff zuerst wieder das Wort. Niedergeschlagen sagte er: „Lasst uns zum Hof zurückgehen. Das war es mit unserem Geocaching-Abenteuer. Wir können einpacken.“

Clara war aufgebracht: „So leicht dürfen wir uns nicht unterkriegen lassen. Kommt, wir warten hier noch eine Weile. Vielleicht bringen die Außerirdischen oder Klaus den Cache ja zurück.“

Victor ergänzte wütend: „Da kannst du ja gleich hier bleiben und auf eine gute Fee warten. So ein Quatsch! Sven hat Recht, wir müssen zurück zum Lindenhof. Tante Conny und Onkel Christian sollen sich keine Sorgen machen, und wir können dort Kriegsrat halten, wie es weiter geht. Vielleicht gibt es im Internet einen Hinweis auf die nächste Station des großen Eifel-Multi-Cache."

„Was passiert mit Geocaching-Dieben, Onkel Christian? Kommen die ins Gefängnis, oder müssen sie wenigstens eine Geldstrafe bezahlen?", fragte Victor auf dem Lindenhof beim Abendbrot.

„Ich würde den Außerirdischen die Hände abhacken", schlug Sven vor.

Onkel Christian war erbost. „Sven, pass auf, was du sagst", drohte er. „Es ist doch gar nicht sicher, wer den Cache geklaut hat."

„Genau", stimmte ihm Victor zu. „Es könnten die Motorradfahrer gewesen sein, aber auch dieser Klaus ..."

„Das traue ich Klaus eigentlich nicht zu", fiel ihm Onkel Christian ins Wort. „Obwohl er in letzter Zeit noch schweigsamer war als sonst, wenn ich ihn in Jünkelheim getroffen habe.“

„Aber du hättest mal hören müssen, wie er an der Brücke geflucht hat“, mischte sich Clara ein.

Victor grübelte nach. „Entweder hat er geflucht, weil der Cache schon weg war, als er an der Brücke ankam. Oder er hat geflucht, weil das Rätsel des Caches zu schwierig für ihn war und dann hat er den Cache mitgenommen. Auf jeden Fall können wir diesen Multi-Cache abschreiben.“

Onkel Christian unterbrach ihn. „Stopp, Stopp, bitte werft nicht so vorschnell die Flinte ins Korn.“ Clara, Victor und Sven schauten ihn erwartungsvoll an.

„Also, die Motorradfahrer, da müsste ich mal ... oh, wartet kurz.“

Das Telefon im Hausflur klingelte. Onkel Christian nahm ab. „Eure Mutter“, rief er ins Zimmer und hielt Clara und Victor den Hörer entgegen. Die beiden verschwanden im Flur, kamen aber schon nach wenigen Minuten wieder.

„Das ging aber wirklich fix“, schmunzelte Onkel Christian.

„Natürlich, hier ist ja alles klar, warum sollen wir dann so lange quatschen“, sagte Victor. „Also, Onkel Christian, was ist mit den Motorradfahrern.“

Onkel Christian räusperte sich umständlich. „Ich hatte euch ja schon gesagt, dass ich den Förster auf die beiden angesetzt habe. Im Dorf hat er sie nun angetroffen. Sie müssen da nach eurer Begegnung aus dem Wald gekommen sein. Er hat ihnen bei Androhung von Strafe verboten, noch einmal mit dem Motorrad durch den Wald zu fahren. Daran werden sie sich halten müssen. Und im Dunkeln werden sie auch nicht nach Caches weitersuchen können. Wenn die Motorradfahrer also so bequem sind, wie ich sie einschätze, könnt ihr sie locker einholen. Immer gesetzt den Fall, dass ihr morgen zeitig aufbrecht."

Ein ungewöhnlicher Einkauf im Supermarkt

Alle hatten tief geschlafen, waren aber auch sehr früh aufgewacht. Nun gut, zumindest Clara und Victor waren rechtzeitig auf den Beinen.

„Seid ihr verrückt", schnauzte Sven sie an, als sie in sein Zimmer stürmten. „Es ist erst sechs Uhr und ich habe Ferien." Er zog sich die Decke über den Kopf und drehte sich zur Seite. Als Clara und Victor ihn an den nackten Füßen kitzelten, war er zwar nicht besser gelaunt, entschloss sich dann aber doch aufzustehen. „Ist doch völlig verrückt, so früh schon wieder in den Wald zu gehen. Was soll das bringen? Der Cache ist und bleibt verschwunden."

„Irrtum!", triumphierte Victor. Ich war eben im Internet und habe mir die Infos über den Multi-Cache angeschaut. Und da gab es eine kurze Meldung von Versteknix."

„Wer soll denn Versteknix sein?", fragte Sven brummelnd und zog sich die Hose an. „Der Urgroßvater von Asterix?"

„Nein, das ist der Spitzname desjenigen, der sich den Eifel-Multi-Cache ausgedacht hat. Und der meldet, dass seit fünf Uhr heute Morgen der verschwundene Cache wieder an der Holzbrücke zu finden ist.“

„Also worauf warten wir dann?“ Sven strahlte und tat so, als wäre es seine Idee gewesen, so früh aufzustehen.

„Ich habe immer noch nicht verstanden, was wir mit diesem doofen Zettel anfangen sollen!“, quengelte Clara.

Es war kurz nach acht Uhr und die drei wanderten an einer Kreisstraße entlang. Wie es sich gehörte, auf der linken Seite. Aber es waren sowieso sehr wenig Autos unterwegs.

Vor einer Stunde war Clara wieder an der Brücke herumgeturnt. Es war ganz einfach gewesen, den Verschluss der blauen Wassertonne zu öffnen. In der Tonne hatte eine Thermoskanne gelegen. Und in der Thermoskanne hatten die drei viele identische schmale Streifen aus Papier gefunden. Einen hatten sie behalten. Den Rest hatten sie wieder in die Thermoskanne getan und die Kanne in der Wassertonne verstaut.

„Also, wer erklärt mir jetzt, was das auf dem Zettel zu bedeuten hat?", nörgelte Clara. „Und wohin wir jetzt überhaupt gehen. Denn soweit ich gesehen habe, sind auf dem Zettel keine Koordinaten zu lesen gewesen."

„Richtig", antwortete Sven, „die Koordinaten müssen wir uns erst entschlüsseln lassen."

„Genau", ergänzte Victor und zwinkerte Sven verschwörerisch zu, „wir lassen diese rätselhaften Zeichen von einer Wahrsagerin entschlüsseln."

„Ihr seid gemein“, schimpfte Clara, blieb mit verschränkten Armen am Straßenrand stehen und blickte schmollend ins Nirgendwo.

„Jetzt komm schon, Clara“, erklärte Victor. „Also: Auf dem Zettel ist ein so genannter Barcode abgebildet, auch Strichcode genannt. Den kannst du auf jeder Milchtüte, Nudelpackung und Zeitschrift finden. Du weißt doch, dass die Verkäuferin jeden Artikel nimmt und über so ein Glas-Fenster ihrer Kasse zieht. Dann piept es und der Preis des Artikels ist gebongt.“

„Und die Wahrsagerin“, fügte Sven hinzu, „ist Frau Vostel in unserem kleinen Supermarkt im Dorf Jünkelheim. Die kann ein ganz schöner Drachen sein. Hoffen wir mal, dass sie heute ausnahmsweise gute Laune hat.“

Als die drei in Jünkelheim ankamen, hatten sie noch eine halbe Stunde Zeit, bis der Supermarkt öffnete. Also stromerten sie ziellos durch die Gassen des kleinen Ortes. Plötzlich blieben sie zeitgleich wie angewurzelt stehen. Keiner hatte etwas sagen müssen. Dieses riesige Gerät vor dem Gasthaus

„Zum grünen Baum“ kannten sie nur zu gut: das schwarze Motorrad der außerirdischen Cache-Diebe!

Sven hatte eine Idee. „Ich weiß, wie der Gasthof von innen aussieht. Meine Eltern treffen sich dort manchmal mit Freunden auf ein Bier. Die Gästezimmer gehen hinten zum Hof hinaus.“

Die drei schlichen vorsichtig um die Häuserecke und standen im Hof des Gasthauses – Auge in Auge mit einem Schäferhund.

„Hallo Friedrich“, grüßte ihn Sven leise und legte den Finger auf die Lippen. Friedrich neigte den Kopf und schaute die drei verträumt an. „Das ist wahrscheinlich der harmloseste Hofhund der Welt“, erzählte Sven im Flüsterton. „Kein Mensch hat ihn jemals bellen gehört. Wenn hier einmal ein Einbrecher vorbeikäme, dürfte der Räuber ihn wahrscheinlich noch kraulen.“

Aus einem geöffneten Zimmer im Erdgeschoss des Gasthofs erklangen Stimmen. Eine brummige und eine schrille. Die drei hörten Gesprächsfetzen: „Raus aus diesem Kaff – In der nächsten Kreisstadt haben die Supermärkte schon ab 7.00 Uhr geöff-

net. – Du nervst – Los, beeil dich – Mach schon, die anderen sind uns auf den Fersen!“

Clara, Sven und Victor flitzten zurück auf die Straße, versteckten sich hinter einem Autoanhänger, der an der Straße abgestellt war, und warteten darauf, dass die Motorradfahrer das Gasthaus verließen. Kurze Zeit später sahen sie die Außerirdischen erstmals ohne ihre Motorradhelme. Jetzt konnten sie deutlich erkennen, was sie schon beim Hören vermutet hatten. Ein Mann und eine Frau in schwarzer Ledermontur traten aus der Tür. Beide waren sehr hager. Und beide auch sehr blond. Der Mann hatte einen Zopf, war etwas kleiner als die Frau und blickte mit stechend graublauen Augen misstrauisch über seine gekrümmte Hakennase. Clara, Victor und Sven duckten sich tiefer hinter den Anhänger. Als sie wieder vorsichtig ihre Köpfe hoben, konnten sie kurz das Gesicht der Frau sehen, die ihren blonden Lockenkopf schüttelte und den Motorradhelm aufsetzte.

Victor wurde kreidebleich, während die beiden Motorradfahrer ihre Maschine starteten und in Richtung Kreisstadt davonbrausten.

„Was ist los, Victor?“, fragte Sven.

„Ich glaube es nicht“, antwortete der, „das war Frau Grützke!“

„Wer ist Frau Grütze?“, hakte Clara nach.

„Clara, hast du dir heute Morgen nicht deine Ohren gewaschen? Frau Grützke, nicht Grütze.“ Matt erklärte Victor, woher er diese Frau kannte. „Seit drei Monaten haben wir Frau Grützke in Erdkunde. Sie ist die schlimmste Lehrerin, die ihr euch vorstellen könnt. Gute Noten bekommen nur die Schüler, die ihre abartig schwere Tasche tragen. Ansonsten nimmt sie in jeder Stunde genau zwei Seiten des Erdkunde-Buchs durch. Das ist so langweilig! Und Schüler aus der 7. Klasse haben mir erzählt, was Frau Grützke auf Klassenfahrten macht: Sie knipst hunderte Fotos von sich: beim Essen, beim Sonnenbaden, beim Lesen. Total krank!“

„Dann hat Frau Grützke bestimmt auch an der Höhle die vielen Fotos mit ihrer Digitalkamera gemacht“, fiel Clara wieder ein.

Victor nickte. Dann klatschte er in die Hände. Seine Lebensgeister waren wieder erwacht: „Der Grützke und ihrem komischen Macker zeigen wir es jetzt! Wir können schneller sein als die beiden, wenn sie nicht mehr motorisiert durch den Wald rasen dürfen. Und schneller als der dicke Klaus sind wir sowieso! Also, ab in den Supermarkt, wir haben gleich neun Uhr und keine Zeit zu verlieren."

„Dat kennt irr vergeessen, irr maacht mir mäin Kaass nit kapputt!" Frau Vostel an der Kasse des Supermarkts in Jünkelheim hatte heute nicht ihren besten Tag. „Irr wollt nichts keefen, un dann soll aisch noch eiren Zeedel über den Scanner ziehn? Seyd irr bekloppt? Datt iss e Supermarkt, un käin Kaanerspeelplatz, kapeet?"

Clara und Victor schauten Sven fassungslos an. Der redete plötzlich in dem gleichen unverständlichen Kauderwelsch mit dieser Frau Vostel. Schließlich holte er einen Euro aus seiner Hosentasche und legte ein Päckchen Kaugummi auf das Laufband der Kasse. Widerwillig scannte die Kassiererin das Kaugummi und wollte dann das Geld haben. Stattdessen hielt ihr Sven den Zettel aus dem Cache mit dem Barcode hin. Zögernd zog Frau Vostel auch den Zettel über den Scanner.

„Seest dou, dou hoss mäin Kaass kapputt gemaach!“, schimpfte sie. Sie wurde aus dem Zahlengewirr nicht schlau.

Aber Victor kramte schnell einen Kuli aus seinem Rucksack und notierte sich die sechzehn Zahlen, acht für die Nordkoordinate, acht für die Ostkoordinate.

„Herzlichen Dank, Frau Vostel!“ Sven strahlte und reichte mit einem zuckersüßen Lächeln den Euro für das Kaugummi über die Ladentheke.

Mit den neuen Koordinaten verließen die drei im Laufschritt den Supermarkt. Im Comic hätte man hinter ihnen nur noch ein paar Staubwölkchen gesehen, so schnell waren sie draußen!

Die Augen des Waldmädchens

Die drei waren in der letzten Stunde schon eine ansehnliche Höhe bergan gestiegen. Als sich Victor kurz umdrehte, sah er unter sich den Ort Jünkelheim. Dahinter lag im Morgendunst der Felsenwald mit der Höhle und der kleine Bach mit der Brücke. Und ganz klein wie ein Spielzeug konnte er den Lindenhof am Horizont entdecken. Gut gelaunt erreichten die Geocacher die ersten Bäume eines weiteren Waldes.

Sven erklärte: „Dieser Wald heißt Stiftswald. Warum, weiß ich leider auch nicht."

„Bestimmt, weil man aus dem ganzen Holz unglaublich viele Bleistifte herstellen könnte", verkündete Clara todernst.

„Sicher", antwortete Sven ironisch. „Ich war ehrlich gesagt sehr selten hier oben, obwohl ich den Stiftswald jeden Tag von meinem Zimmer im Lindenhof aus sehe. Mir war die Hochlatscherei immer zu anstrengend. Aber mit der Aussicht auf den nächsten Cache macht mir das Wandern heute komischerweise gar nichts aus."

Im Stiftswald herrschte eine ganz andere Stimmung als im Felsenwald. Wenig Licht fiel durch die eng stehenden Fichten. Zunächst glaubten die drei noch, einen Weg erkennen zu können. Nach wenigen hundert Metern sahen sie aber nur noch Bäume. Geduckt liefen, krabbelten und schlichen sie durch den Wald, um nicht ihre nackten Arme an den tief stehenden Zweigen zu zerkratzen.

„Ich wusste nicht", stöhnte Victor, „dass man beim Geocachen einen Schutzanzug braucht."

„Stell dich nicht so an“, antwortete Sven und blickte hochkonzentriert auf das GPS-Gerät. „Schau dich lieber schon mal um. Wir sind nur noch 150 Meter vom Cache entfernt!“

Clara hatte das Problem der tiefhängenden, nadeligen Zweige auf ihre Art gelöst. Auf allen Vieren bahnte sie sich geschmeidig und erstaunlich schnell den Weg über den Waldboden.

„Bist du ein Kätzchen oder ein Tiger?“, fragte Sven.

„Hch“, fauchte Clara und streckte ihre Tatzen in Svens Richtung. „Natürlich ein Leopard, das sieht man doch!“ Und schon war sie weg.

Victor und Sven kamen durch das dichte Unterholz kaum hinterher.

„Ist unser kleiner Leopard eigentlich in die richtige Richtung gelaufen?“, fragte Victor.

„Nicht wirklich“, antwortete Sven nach einem Blick auf das GPS-Gerät. Im nächsten Moment lag er schon auf der Nase. „So ein Mist, was war das denn?“ Fluchend rieb er sich sein Schienbein.

Victor untersuchte ein paar bemooste Steine auf dem Waldboden. „Das sind anscheinend Mauerreste“, sagte er verwundert. „Was hier wohl früher einmal war?“

Sven rappelte sich wieder auf. Je weiter sie vordrangen, desto mehr Mauern, fast vollständig unter Wurzeln, umgefallenen Bäumen und Moos versteckt, kamen zum Vorschein.

„Das sieht aus wie ein verlassenes Wald-Dorf“, sagte Victor.

„Ja, richtig unheimlich hier“, fügte Sven hinzu. „Aber wo ist Clara?“

In kurzer Entfernung hörten sie das Knacken von Zweigen und Stöcken.

„Da ist sie.“ Victor grinste erleichtert. Er wollte seine Schwester gerade rufen, als ihm Sven den Mund zuhielt.

Jetzt hörte auch Victor, dass die Geräusche nicht von Clara stammen konnten. Denn eine brummige und eine schrille Stimme mischten sich in das Knacken. Victor und Sven verkrochen sich unter einer riesigen Wurzel. Von ihrem Versteck aus konnten sie zwar nichts sehen, aber sie hörten deutlich.

„Gisela, kannst du mal mit dieser dummen Fotografiererei aufhören“, sagte die brummige Stimme.

„Auf dem Computer schaust du dir die Bilder immer sehr gerne an“, antwortete die schrille Stimme beleidigt. „Was fummelst du überhaupt so lange an dem Mädel herum?“

Erschrocken blickten sich Victor und Sven an.

„Das kann doch nicht so schwierig sein, der Kleinen das Auge herauszuholen“, kreischte die unangenehm laute Stimme weiter.

Victor erstarrte. Wenn diese beiden außerirdischen Ungeheuer seiner Schwester etwas antun würden, dann ... Er nahm seinen gesamten Mut zusammen und stürmte aus seinem Versteck. Schreiend warf er sich auf seine Erdkundelehrerin. Die schrie auch, in einem Ton, dass sich die Fichten die Ohren zuhielten. Sie war hochrot im Gesicht, anscheinend hatte sie der Aufstieg zum Stiftswald ohne ihr Motorrad viel Kraft gekostet.

„Was machen Sie hier, Frau Grützke?“, fuhr Victor sie an. Sven war auch aus dem Versteck gekommen und gab ihm Rückendeckung.

„Und was macht ihr hier, und woher kennst du überhaupt meinen Namen?“, kreischte Frau Grützke zurück.

„Zufällig habe ich am Bochumer Herbert-Gröne-Gymnasium in der 5b Erdkundeunterricht bei Ihnen“, brachte Victor so ruhig wie möglich hervor.

„Pah, du glaubst doch nicht, dass ich mir die Namen von allen 350 Schülern merken kann. Und diese Nervensägen in den fünften Klassen sehen doch ohnehin alle gleich aus!“

„Wo ist Clara?“, fragte Sven, da Victor vor Wut nicht mehr sprechen konnte.

„Kennen wir nicht“, mischte sich der Mann ein. „Lass uns gehen, Gisela, ich habe das Auge, und wir sollten unsere Zeit nicht mit diesen Gören verschwenden. Die Kröten nerven in der Schule doch schon genug.“

Die Außerirdischen machten sich auf den Rückweg. Jetzt wollte Sven sich auf die beiden stürzen, aber Victor hielt ihn zurück: „Das bringt nichts, lass uns lieber Clara suchen.“

„Miau, Miau“, hörten die beiden Jungs da hinter sich. Eine Raubkatze schlich um eine kleine Statue herum. Jetzt erst sahen Sven und Victor das steinerne Denkmal.

„Während ihr euch mit dieser Grützke gestritten habt, habe ich ihren Mann beobachtet. Er hatte ein Messer dabei und hat am Kopf des Standbilds herumgefummelt“, sagte Clara.

Sven, Clara und Victor untersuchten die kleine Statue im Wald genauer. Wie alle Steine der Wüstung war der Stein des Denkmals grün bemoost. Die Statue stellte ein kleines Mädchen dar, das auf dem Kopf einen Wasserkrug trug. Ein Arm der Statue war abgefallen.

„Schaut mal“, rief Sven und zeigte auf die rechte Augenhöhle des Steinmädchens. Sie war leer. „Da hat dieser Geocaching-Dieb das Auge herausgeholt! Aber das andere Auge sieht noch unversehrt aus.“

Clara fummelte an dem linken Auge der Statue herum.

„Tut mir leid, kleine Waldfee“, murmelte sie dabei, „ich hoffe, ich tue dir nicht weh.“

Das Auge entpuppte sich als winziger Behälter, so groß wie der Fingernagel eines kleinen Fingers.

„Pass auf!“, schrie Victor, aber Clara hatte das Auge des Waldmädchens schon fallen gelassen. Eine halbe Stunde krochen die drei erfolglos auf dem Waldboden herum.

Victor war mit seinen Nerven am Ende: „Eins sage ich dir, Clara, beim nächsten Geocaching kannst du zu Hause bleiben. Das scheint ja nichts für kleine Mädchen zu sein. Wie kann man nur so dumm sein, das Auge fallen zu lassen!“

Clara wollte etwas antworten, zog es dann aber doch vor, die Arme vor dem Körper zu verschränken und Victor den Rücken zuzukehren. Sie kämpfte nämlich mit den Tränen.

Sven kam zu ihr und strich ihr tröstend über die Haare. „Hör nicht auf Victor, der ist nur gerade sauer. Wenn wir den Cache wieder gefunden haben, hat er sich ganz schnell beruhigt, das wirst du schon sehen! Pass auf, ich wette mit dir, dass ich das Auge innerhalb der nächsten 2 Minuten entdecke. Ich bin gut in so was."

Sven schloss seine Augen, ging ein Stück von der Stelle weg, an der sie die ganze Zeit gesucht hatten, kniete sich hin und strich über das Moos. Dann lächelte er triumphierend. „Schaut mal, was ich da habe." Zwischen seinen Fingerspitzen hielt er das Auge der Statue.

Nun versuchten die drei, vorsichtiger zu sein und legten den Behälter auf ein Blatt Papier. Nach einer Weile entdeckten sie, dass sich der kleine Behälter mit viel Fingerspitzengefühl öffnen ließ. Im Inneren befand sich ein eingerollter Zettel. Darauf stand in winzigen Buchstaben:

Schön dass ihr das lesen könnt. Glückwunsch und Applaus: Klatsch, Klatsch, Klatsch. Ach, ihr wollt auch noch die nächsten Koordinaten wissen? Da müsst ihr aber erst mal das Rätsel der Fuß-Fabel lösen. Einfach auf www.fuss-fabel.de gehen. Viel Spaß und viel Erfolg!

Der rätselhafte Fuß-Salat

„Wie lange dauert das denn noch?", fragte Clara. Sie hatte nicht nur Hunger, und es roch schon sehr gut nach Pfannkuchen, sie wollte auch schnell zum nächsten Cache.

„Du musst schon ein wenig Geduld haben", mahnte Victor. Für Geocaching muss man immer auch ein bisschen Zeit am Computer einplanen."

„Und das machst du ja am liebsten", stöhnte Clara und verdrehte die Augen.

Denn so einfach, wie es sich die drei vorgestellt hatten, war es mit den nächsten Koordinaten nicht.

Die Fuß-Fabel hatte es nämlich in sich. Doch jetzt gab es erst einmal eine ordentliche Stärkung.

„Hm, schmecken die gut, Onkel Christian, kann ich noch einen haben?“, fragte Victor.

Onkel Christian hatte sich die Schürze umgebunden und machte einen Apfelpfannkuchen nach dem anderen für die hungrigen Schatzsucher. „Die Fabel habt ihr also schon im Netz gefunden und ausgedruckt. Könnt ihr mir die Geschichte mal vorlesen?“

„Aber nur, wenn ich noch einen Pfannkuchen bekomme“, stellte Victor grinsend seine Forderung, schob sich die Brille zurecht und nahm den Zettel in seine Hand:

An einer Stelle, an der sich wirklich noch nie Fuchs und Hase Gute Nacht gesagt haben, weil die beiden – unter uns gesagt – sich überhaupt nicht leiden können, aber das ist eine andere Geschichte, an einer wirklich einsamen Stelle also trafen sich eines

schönen Tages Gustav der Tausendfüßler, Elvira die Spinne, Horst der Flamingo und Isolde das Zebra.
„Dieses Geocachen, das weiß doch jeder, bedeutet, gut zu Fuß zu sein“, heizte Tausendfüßler Gustav die Diskussion an. „Man kann auch mit dem Auto oder mit dem Motorrad Caches suchen, aber zu Fuß cacht es sich doch immer am schönsten.“
„Du hast gut reden“, fiel der Flamingo Horst ihm patzig ins Wort. „Du mit deinen tausend oder noch mehr Füßen. Ich würde mir wünschen, nicht ständig in diesem affigen, pinken Kostüm herumlaufen zu müssen. Oh Gottchen, und dann auch noch auf einem Bein! Da lachen doch alle Hühner. Und die anderen Tiere auch. Voll peinlich!“
„Da hast du Recht“, kicherte die fiese Spinne Elvira. „Das ist ober-peinlich, wie du da rumstehst. Und sogar ich mit meinen sechs Beinen bin schneller als du. Wusch, wusch, bin ich über mein Netz oder den Waldboden gekrabbelt.“
Isolde, das Zebra, blieb ganz cool. „Das kann mich alles nicht kratzen. Vier Beine sind das richtige Maß der gesamten Tierwelt. Vier Beine hat jedes vernünftige Tier, ist doch ganz klar.“

Da waren Horst, Elvira und Gustav natürlich beleidigt, redeten wild durcheinander, sodass man kein Wort mehr verstehen konnte. Aber während die vier sich streiten, könnt ihr die Nordkoordinate enträtseln. Alles, was ihr für die Lösung braucht, ist die richtige Anzahl der Beine der Tiere:
Die erste Ziffer ergibt sich, wenn man von den Füßen von Isolde zweimal die Beine von Horst abzieht.
Die Ziffern zwei und drei entsprechen sechsmal den Beinen von Elvira plus den Füßen von Horst.
Die vierte Ziffer ist gleich den Beinen von Elvira minus zweimal die Beine von Isolde.
Die Ziffern fünf, sechs und sieben erhält man, wenn man die Füße von Gustav halbiert und dazu fünfmal die Beine von Isolde addiert.
Die achte und letzte Ziffer entspricht dreimal den Beinen von Horst. Alles klar?

Die Ostkoordinate ist geschenkt:
Sie lautet E 006°47.935

„Okay“, Victor richtete sich auf. „Das lösen wir jetzt alle zusammen. Also Isolde ist das Zebra und hat vier Beine. Und der Flamingo Horst? Der hat doch eigentlich zwei Beine, der steht nur auf einem, oder? Also muss man eigentlich bei dem mit zwei Füßen rechnen. Zweimal zwei sind vier. Und vier minus vier sind Null. Also ist die erste Ziffer der Nordkoordinate NULL." Clara und Sven nickten, das war doch eigentlich kinderleicht!

„Nun zu den Ziffern zwei und drei. Die Spinne Elvira hat sechs Beine und sechsmal sechs sind sechsunddreißig. Dazu die zwei Füße von Horst macht zusammen achtunddreißig. Also sind die zweite und die dritte Ziffer DREI und ACHT."

„Halt", rief Clara „nicht so schnell. Das ist doch totaler Quatsch, was du da sagst. Denn alle Spinnen haben acht Beine!"

„Aber", entgegnete Victor, „in der Fabel war von sechs Beinen die Rede! Was ist denn nun richtig?"

Da schaltete sich Sven ein: „Seht mal, da steht doch ausdrücklich: *Alles, was ihr für die Lösung braucht, ist die richtige Anzahl der Beine der Tiere.* Die richtige Anzahl, versteht ihr? Das Knifflige bei diesem Rätsel ist, dass man der Fabel nicht alles glauben darf."

„Hm“, sagte Victor, „dann hat also Elvira acht Beine und Isolde vier Beine. Oder haben Zebras fünf Beine, Clara? Oder drei?“

Clara schüttelte grinsend den Kopf.

„Aber haben denn Tausendfüßler wirklich tausend Füße?“, fragte Sven.

Clara wusste, wie bei allen Tierfragen, mal wieder Bescheid: „Natürlich hat der Tausendfüßler nicht tausend Füße, aber jede Menge. Das könnt ihr mir glauben. Die kann man gar nicht richtig zählen. Wie viele, kann man wirklich nicht sagen, weil das bei jedem Tier der Tausendfüßler-Art anders ist. Aber ich glaube, dass man hier schon mit der Zahl TAUSEND rechnen muss. Die genaue Art wissen wir ja schließlich nicht.“

Nachdem die drei das geklärt hatten, konnten sie die Nordkoordinate leicht ausrechnen und gaben alles in ihr GPS-Gerät ein.

„Und, in welche Richtung schickt uns der kleine Zauberkasten jetzt?“, fragte Sven, als alle drei abmarschbereit neben dem Misthaufen auf dem Innenhof des Lindenhofs standen.

„Wieder bergauf", antwortete Victor und legte die Hand wie einen Schirm über die Augen, um sich gegen die Sonne zu schützen. Dann zeigte er hoch zum Stiftswald, wo sie heute Morgen schon die kleine Statue einer Augenoperation unterzogen hatten. „Es geht wieder in den Stiftswald."

Es dauerte eine ganze Weile, bis die drei den Waldrand erreicht hatten. Dort angekommen, entdeckten sie ein altes umgefallenes Schild. Es war sehr verrostet und nahezu unleserlich.

„*Waldsch*. Da steht *Waldsch*. Und darunter *100*. Was soll das denn heißen?“, fragte Clara, als sie das Schild entziffert hatte.

„Keine Ahnung“, sagte Victor. „Weißt du es, Sven?“

„*Waldsch* ist nur der erste Teil des Worts. Das muss eigentlich *Waldschwimmbad* heißen. Und beim unteren Teil fehlt das Wort *Meter* und ein Pfeil. Von hier sind es eben noch 100 Meter zum Waldschwimmbad!“

„Juhu! Baden, herrlich“, kreischte Clara. „Ich bin total verschwitzt, und wir können uns erfrischen. Gibt’s da auch eine Rutsche?“

Sven lächelte. „Nein, Clara, leider nicht. Das Waldschwimmbad hat schon ewig geschlossen. Meine Eltern sind dort als Jugendliche geschwommen. Das Ding hat aber schon vor über zehn Jahren zugemacht. Angeblich war ich als Kleinkind da noch schwimmen. Ich kann mich aber nicht mehr erinnern.“

Victor schaute auf das GPS-Gerät. Der Cache war noch 100 Meter entfernt, genauso weit wie das alte Schwimmbad.

„Das ist doch ein richtig tolles Schwimmbad“, sagte Clara, als sie am großen Becken standen.

„Fehlt nur das Wasser“, meinte Victor trocken und zeigte auf die kaputten Kacheln des ehemaligen Schwimmbeckens.

„Aber aus den Duschen scheint noch Wasser zu kommen“, flüsterte Sven und zeigte auf zwei metallene Brausen, die in einiger Entfernung im Schatten des nahen Waldes lagen. Schemenhaft konnten die drei erkennen, dass sich dort etwas bewegte. Es sah tatsächlich so aus, als ob dort ein Lebewesen, eine Mischung aus Ameisenbär und Nilpferd, duschen würde. Clara, Sven und Victor versteckten sich hinter einer kleinen Holzbude, in der wohl früher Süßigkeiten für die Gäste des Schwimmbads verkauft worden waren. Und je länger sie schauten, desto besser konnten sie erkennen, wer das Ameisenbär-Nilpferd war: Klaus. Irgendetwas machte er dort an den beiden Duschen. Wasser war allerdings nicht zu sehen, außerdem hatte er seine Kleidung an. Also duschte er bestimmt nicht. Nach Minuten, die sich für die drei wie Stunden anfühlten, verschwand Klaus im tiefen Dickicht des Waldes.

Was Clara, Victor und Sven aber nicht wussten: Nicht nur sie beobachteten Klaus. Auch die Motorradfahrer lagen auf der Lauer. Sie hatten sich hinter dem Kassenhäuschen des Schwimmbads versteckt und spionierten Klaus und den Kindern hinterher.

„Gisela, wenn du nicht sofort mit dem Knipsen aufhörst, raste ich aus“, zischelte der Mann zwischen den Zähnen. „Das Piepsen deiner Digitalkamera verrät uns noch.“

„Pah“, antwortete die schwarze Außerirdische, „wenn ich nicht meine Biologie-Kollegin angerufen hätte, dächtest du noch immer, Spinnen hätten sechs Beine.“

Rolf funkelte sie aus seinen blauen Augen böse an. Wütend flüsterte er: „Dafür war es mein Plan, mal die drei Kröten für uns arbeiten zu lassen. Bisher haben immer wir denen gezeigt, wo die Caches liegen, jetzt sollen die uns ausnahmsweise zum nächsten Cache führen.“

Clara, Sven und Victor waren inzwischen bei den Duschen ankommen. Irgendwo dort musste der Cache versteckt sein. Sonst hätte Klaus nicht so viel Zeit an dieser Stelle verbracht. Sie suchten den Boden ab, hoben jede kaputte Fliese an. Nichts. Sie tasteten die Duschhähne ab. Nichts.

„Oi, Oi, Oi.“ Clara robbte auf dem Bauch über die Fliesen des alten Schwimmbads. Sie hatte sich auf ihre Arme aufgestützt und stupste mit ihrer Nase an die Brauseknöpfe der alten Duschen. „Oi, Oi, Oi.“

„Kleiner Seehund, was willst du uns sagen?“, fragte Victor und streichelte Clara über den Kopf.

„Oi, Oi, Oi“, sagte Clara klar und deutlich auf seehundisch.

Victor drehte an dem Duschknopf. Nichts.

„Glaubst du, dass da Wasser rauskommt?“, höhnte Sven.

Trotzdem drehte Victor auch noch an dem zweiten Duschknopf, an dem ein roter Punkt für warmes Wasser angebracht war. Er drehte und drehte.

„Das Wasser hier konnte aber ganz schön heiß werden.“ Victor grinste.

Er drehte noch weiter, plötzlich hatte er den Duschknopf in der Hand.

„Ups!“, war das Einzige, was ihm dazu einfiel.

„Oi, Oi, Oi“, machte seine Schwester freudig und stupste Victor mit der Nase in die Kniekehlen.

„Den Knopf schraube ich wohl lieber wieder an“, sagte Victor und beugte sich etwas vor.

„Macht doch nichts“, meinte Sven, „ist doch sowieso alles verrottet hier.“

„Das gibt es nicht!“ Victor zeigte den beiden anderen staunend die Innenseite des Duschknopfs. Darin eingerollt fanden sich einige Zettel. Der Duschknopf war der Cache gewesen! Auf jeden Zettel war ein kurzer Text gedruckt.

„Ich lese mal vor“, sagte Victor.

Ludmilla Perserova war eigentlich sehr selbstbewusst. Sie war nicht nur die schönste, sondern, das wurde ihr tagtäglich von allen bestätigt, sie war auch die schlauste Katze von Moskau, manche sagten, von ganz Russland. Aber jetzt stand sie vor einem ernsthaften Problem. Sie war die Chefin des größten Katzengeheimbundes der Welt. Ihre Aufgabe war es, möglichst schnell Mäuse zu enttarnen, die sich als Katzen verkleidet hatten. Nun sagt ihr vielleicht, ach, das ist doch nicht schwer. Täuscht euch da nicht! Die russischen Mäuse können verdammt groß werden und die russischen Katzen ziemlich klein bleiben. Da muss sich so eine Maus nur mal in etwas Kohlenruß wälzen, die Barthaare aufrichten

und schon geht sie als echte Katze durch. Vor einer wahren Invasion von falschen Mäusen war Ludmilla schon seit Wochen gewarnt worden, und jetzt hatte ihr Igor Alexejewitsch, ihr treu ergebener Diener und der gefährlichste streunende Kater von Moskau, diese verschlüsselte Nachricht überreicht:
Nordkoordinate – Stopp – N 050°05.458 – Ostkoordinate – Stopp – E 006°??.577 – Stopp – Die beiden Fragezeichen sind die Zahl N – Stopp
Zahl N, was sollte das bedeuten? Ludmilla überlegte. N war doch keine Zahl. Sollte es sich um eine Geheimsprache handeln? Etwa um ein Zahlenalphabet? Da hatte Ludmilla Perserova eine Idee. Und die Lösung. Erleichtert maunzte sie auf. Perfekt, das russische Katzenimperium war gerettet! Und die Koordinaten für den letzten Cache dazu.

Lautes Händeklatschen hallte durch das leere Schwimmbad. Erschrocken blickten die drei sich um. Grinsend kamen die beiden Außerirdischen näher. Ohne Helme, aber immer noch in ihrer Motorradkleidung. Andere Klamotten hatten die beiden anscheinend nicht.

„Bravo, Bravo, Bravo“, kreischte Gisela höhnisch. „Das hast du aber ganz prima gemacht, mein Kleiner. Für diese schöne Vorlesestunde bekommst du eine Eins mit Sternchen. Bravo.“

„Und nach dem Sternchen“, ergänzte ihr Mann Rolf, „gibt es für uns, weil wir dir so eine gute Note gegeben haben, als Belohnung den Cache. Wisst ihr, so ein komplizierter Cache ist einfach nichts für Kinderhände!“

Und schon hatte er Victor den Duschknopf mit den Zetteln aus der Hand gerissen.

„Ihr seid gemeine Diebe“, schrie Sven, „wir werden euch anzeigen!“

„Bye-bye, ihr Süßen!“ Gisela winkte und warf den drei noch eine Kusshand zu, bevor sie mit Rolf im Wald verschwand.

Clara streckte den beiden noch die Zunge raus, hatte dabei aber schon Tränen in den Augen. Sie war kein Seehund mehr.

„Und jetzt?“, fragte Sven hilflos.

„Sie haben ja nur den Cache gestohlen, aber nicht unser GPS-Gerät und auch nicht unsere Gehirne“, sagte Victor entschlossen. „Schließlich haben wir die feststehenden Ziffern der Koordinaten ja gleich in das GPS-Gerät eingegeben. Also setzen wir uns jetzt hin, finden die beiden fehlenden Ziffern heraus und lösen den Cache, ganz einfach.“

Clara lächelte ihren Bruder glücklich an. So energisch hatte sie ihn noch nie erlebt. Sie war richtig stolz auf ihn.

Victor war nicht mehr zu bremsen. „Im Rätsel heißt es, es könnte sich bei N um eine Zahl aus dem Zahlenalphabet handeln.“

„In meinem Alphabet kommen aber nur Buchstaben vor“, warf Sven missmutig ein.

Victor ließ sich nicht irritieren. „Das Zahlenalphabet ist eine Art Geheimsprache, mit der man verschlüsselte Nachrichten übermitteln kann. Im Zahlenalphabet entspricht A der Zahl 1, B der Zahl 2 und so weiter. Z bedeutet dann schließlich 26."

Clara rechnete halblaut und unter Zuhilfenahme ihrer Finger nach. Schließlich strahlte sie. „Dann entspricht das N der 14. Und das sind dann die beiden fehlenden Ziffern für die Ostkoordinate!"

Sven klatschte Clara ab und sagte ungeduldig: „Da hätten wir doch die Ostkoordinate! Worauf warten wir noch? Wir geben die fehlenden Ziffern in das GPS-Gerät ein, und los geht's. Ihr habt doch gehört, der nächste ist der letzte Cache. Auf, auf, sonst sind die Außerirdischen wieder vor uns da."

Victor strich sich mit der linken Hand über das Kinn und rückte seine Brille zurecht. „Das ist mir alles zu einfach. Die letzten Caches waren viel schwerer. Irgendwo ist da ein Haken. Lasst uns mal schauen, wo uns diese Koordinaten hinführen."

Sven gab die beiden fehlenden Ziffern ein. Blitzschnell berechnete das GPS-Gerät die Entfernung zum nächsten Cache. Er guckte die anderen verdutzt an.

„62 Kilometer in nordwestlicher Richtung“, sagte Sven enttäuscht. „Da kommen wir zu Fuß heute nicht mehr hin. Und wenn die fiesen Außerirdischen mit dem Motorrad dorthin fahren, haben sie einen riesigen Vorsprung!“

Dann herrschte Stille im alten Schwimmbad. In weiter Entfernung hackte ein Specht auf einen Baumstamm ein. Klock, klock, klock.

„Moment!“ Victor strahlte über das ganze Gesicht. Man sah förmlich, wie ihm ein Licht aufging. „Das ist doch unlogisch. Bisher waren alle Caches in der Umgebung des Lindenhofs versteckt. Ist doch auch normal, dass der, der einen Multi-Cache versteckt, seine Stationen nicht über den ganzen Erdball verteilt. Daher hatte ich eine Idee. In welchem Land spielt die kleine Geschichte mit der Katze?“

„Mach es nicht so spannend, Victor“, stöhnte Sven. „In Russland spielte die Geschichte. Ist doch egal, die hätte auch in Italien, China oder im Taka-Tuka-Land spielen können. Rück endlich raus mit deiner Idee!“

„In Russland gibt es ein anderes Alphabet als in Deutschland. Neulich habe ich ein Buch über die Sprachen dieser Welt gelesen. Einige Buchstaben im kyrillischen Alphabet sehen genauso aus wie unsere, zum Beispiel das A oder das E. Andere sehen ganz anders und fremd aus."

Victor malte ihnen seltsame Buchstaben auf den Zettel. Ж. Und Щ. Und Д. „Und wisst ihr, wie das N im kyrillischen Alphabet aussieht? So."

Victor malte ein H auf den Zettel.

„Das ist ein H, kein N", maulte Clara.

„Ja, aber für die Russen und auch die russischen Katzen wie Ludmilla ist das H eben ein N. Und die fehlenden Ziffern der Ostkoordinate bestehen deshalb aus der Zahl ..." Victor blickte zum Himmel und rechnete kurz nach. „Aus der Zahl 08, denn das H ist der achte Buchstabe im Alphabet. Tipp das doch mal ein, Sven!"

Das machte dieser blitzschnell und grinste dann breit. „Herzlichen Glückwunsch, liebster Cousin, Volltreffer. Jetzt zeigt das GPS-Gerät als nächsten Cachefundort eine Stelle drei Kilometer von hier. Das macht viel mehr Sinn!"

Der letzte Cache

„Nicht alle durcheinander reden, ich verstehe gar nichts“, beschwichtigte Onkel Christian die drei aufgeregten Geocacher. „Also noch mal: Eine Katze, die Ludmilla heißt, fährt mit ihrem Motorrad zum nächsten Cache. Wer soll denn daraus schlau werden?“

Clara bremste die beiden Jungen aus und erklärte ihrem Onkel, was in den letzten Stunden passiert war. „Und jetzt haben wir uns gedacht, dass du uns vielleicht mit deinem Traktor zum nächsten Cache fahren kannst, damit wir noch vor den blöden Motorradfahrern dort sind."

„Also los", sagte Onkel Christian kurz entschlossen, „ich habe auch kein gutes Gefühl, euch wieder allein losziehen zu lassen. Es wird gleich dunkel, und diese Motorradfahrer scheinen ja wirklich verrückt zu sein."

Es rumpelte, und eine riesige Staubwolke bildete sich hinter dem grünen Traktor. Clara hatte sich neben ihren Onkel gequetscht, und Victor und Sven hatten auf den Radabdeckungen Platz genommen. Clara sog den Geruch des zu Ende gehenden Sommertags auf und entdeckte während der Fahrt viele Orte wieder, an denen sie in den letzten Tagen gewesen waren. Am Grenzstein neben dem Maisfeld stoppte der Traktor, weil Sven geschrien hatte.

„Stopp, wir fahren in die falsche Richtung", rief er nach einem Blick auf das GPS-Gerät. Wir müssen hier am Maisfeld entlangfahren.

Onkel Christian wendete, fuhr am Feld entlang und stellte den Traktor schließlich am Waldrand ab.

„Endstation, alle aussteigen! Ab jetzt müssen wir zu Fuß gehen. Denn wenn wir mit dem Traktor durch das Unterholz rasen würden, wären wir auch nicht besser als die Motorradfahrer!“

Nach einem kurzen Gang durch den Wald kamen die vier an der Lichtung an, an der Clara und Victor ihren ersten Cache gefunden hatten. Im Vergleich zu den folgenden war dieser Cache wirklich Babykram gewesen. Victor tastete nach der Trillerpfeife in seiner Hosentasche. Bei irgendeinem weiteren Geocaching-Abenteuer würde er die Trillerpfeife aus seinem ersten Cache mit Sicherheit gut gebrauchen können.

Langsam kämpften sie sich wieder zwischen den Bäumen hindurch, die an die Lichtung grenzten.

„Hier ist es“, rief Sven und hob einen Arm.

Sie schauten sich um. Sie standen zwischen vier riesigen Buchen auf einer weiteren Lichtung, sehr alten Bäumen, wenn man betrachtete, wie dick die Stämme waren. Die Baumkronen konnte man gar nicht erkennen. Das lag auch daran, dass es schnell

immer dunkler wurde. Victor wollte schon die Taschenlampe aus dem Rucksack holen.

„Wartet noch“, sagte Onkel Christian, „eure Augen werden sich an die Dunkelheit gewöhnen. Und dann werdet ihr mehr sehen, als in dem engen Lichtschein der Taschenlampe.“

„Wir teilen uns auf“, schlug Victor vor. „Jeder untersucht eine der vier Buchen, und wir schauen, was wir finden können.“ Alle machten sich ans Werk. Fühlten unter den Wurzel nach, ob dort ein Cache versteckt worden war. Krabbelten auf dem Waldboden herum. Hoben jeden Stein und Ast an, um darunter nach dem Cache zu suchen. Klopften die Rinde ab, um eine lockere Stelle zu finden.

„Das hat keinen Sinn“, keuchte Onkel Christian, als er sich aus seiner Krabbelkäferlage wieder aufrichtete. „Lasst uns nach Hause gehen und morgen früh im Hellen wiederkommen. Das ist vernünftiger.“

„Nein, Papa“, sagte Sven energisch. „Dann schnappen sich in der Nacht Klaus oder die Motorradfahrer den Cache. Wir gucken in die Röhre und die ganze Sucherei in den letzten Tagen war umsonst. Wir suchen jetzt bis zum Umfallen, basta."

Clara hatte sich die Taschenlampe geschnappt und leuchtete damit die Bäume ab. Von unten nach oben, von oben nach unten. Plötzlich stutzte sie.

„Kommt mal gucken, da blitzt es so merkwürdig." Sie zeigte wedelnd mit der Taschenlampe in zwei Meter Höhe. Dort schien ein silberner Strich in der Luft zu verlaufen. Und in einem Meter Höhe gab es auch so einen Streifen.

Victor tastete nach diesem Streifen und hatte einen hauchdünnen Nylonfaden in der Hand. Der Faden war scheinbar mit der Rinde des Baums verwachsen, er lag ganz eng an der Buche an. Mit der Taschenlampe verfolgten sie den Nylonfaden, der um den ganzen Baum gewickelt war, immer weiter Richtung Boden. An einem kleinen Wurzelstrang verlor sich die Spur des Fadens.

„Hat jemand ein Feuerzeug dabei?", fragte Victor. Onkel Christian gab ihm eins. Vorsichtig flämmte Victor den Faden am letzten sichtbaren Ende an. Der Nylonfaden schmolz und kräuselte sich zusammen. Mithilfe der Taschenlampe erwischte Clara ein Ende des Fadens, rannte lachend um den Baum herum und wickelte den Faden ab. Nach kurzer Zeit hatte sie einige Meter aufgewickelt.

Da bemerkte Clara: „Wenn man den Faden hält, hat man das Gefühl, als wenn etwas Schweres daran befestigt wäre."

Sie ruckelte mit dem Nylonfaden hin und her. Dann löste sich etwas über ihnen in der Baumkrone der großen Buche. Sven leuchtete über ihre Köpfe. Clara hielt den Faden und ließ vorsichtig einen Gegenstand aus ungefähr acht Meter Höhe hinab: ein kleines Vogelhäuschen aus Holz.

Neugierig untersuchten die drei das Vogelhäuschen. Es war der Cache, der letzte Cache! Sie fanden einen Block, in den man seinen Namen eintra-

gen sollte, das kannten sie ja schon. Und es lagen zusammengefaltet drei T-Shirts in dem Häuschen. Gelb, rot, blau. Mit der Aufschrift:

Ich war Erster beim großen Eifel-Multi-Cache!

Die drei streiften sich die T-Shirts über, bei Clara sah es aber eher wie ein Schlafanzug aus.

„Da wachse ich noch rein“, strahlte sie.

Auch Sven und Victor grinsten über das ganze Gesicht. Sie schauten sich kurz an und fielen sich dann in die Arme. Sie hatten den Eifel-Multi-Cache tatsächlich vor den Außerirdischen und vor Klaus gelöst. Unglaublich!

Nach einem ausgelassenen Freudentanz packten sie den Block zurück in das Vogelhäuschen und begannen, den Cache wieder hochzuziehen. Erschreckt fuhren sie zusammen, als sie das Geräusch von brechendem Unterholz hörten.

„Wer da?“, rief Onkel Christian mit zittriger Stimme. So nervös hatten Clara, Sven und Victor ihn noch nie erlebt.

„Ich bin's nur, Christian“, brummte es aus der Dunkelheit zurück. Klaus stand vor ihnen, groß wie ein Waldgeist.

„Wir geben die T-Shirts nicht wieder her“, schrie Clara. „Wir haben den Cache als Erste entdeckt, und dabei bleibt es. Wenn du Ärger willst: Wir sind zu viert, und du bist allein.“ Sie schaute sich um, aber die Jungen und Onkel Christian sahen nicht so aus, als ob sie mit in den Kampf ziehen würden.

Klaus gab Furcht erregende Geräusche von sich. Und erst nach einigen Augenblicken merkten alle, dass er lachte. Er lachte, dass ihm die Tränen kamen.

„Ich will euch den Cache doch nicht wegnehmen. Im Gegenteil, ich freue mich, dass ihr ihn gefunden habt. Ich wollte euch nur gratulieren, dass ihr die Ersten gewesen seid." Wieder ertönte das seltsame Lachen.

„Klaus", sagte Onkel Christian zögerlich, „könnte es sein, dass du hinter dem Multi-Cache steckst und all diese Caches versteckt hast?"

„Das, lieber Christian, könnte in der Tat sein", antwortete Klaus und wischte sich die Lachtränen mit seinen riesigen Pranken aus den Augenwinkeln. Dann stapfte er aus dem Wald. Unüberhörbar. Und rief allen über die Schulter noch zu: „Bis morgen!"

Onkel Christian konnte nur noch verdutzt stammeln: „So viel hat der in seinem ganzen Leben noch nie geredet. Und wird es auch wahrscheinlich nicht mehr tun."

Damit lag er eindeutig falsch.

Versteknix erzählt alles

„Noch ein paar Spiegeleier, Klaus?“, fragte Onkel Christian in Richtung Küchentisch. Klaus nickte stumm und wischte sich mit einer Serviette den Mund ab. Er hatte schon sieben Portionen Spiegelei gegessen. Um den Tisch saßen Clara, Victor, Sven und auch Tante Conny und sahen dem riesigen Klaus beim Essen zu. Alle anderen waren schon längst mit dem Frühstück fertig.

„Klaus, seit wann versteckst du denn Caches?“, fragte Clara neugierig.

Klaus nahm sich Zeit mit der Antwort und trank erst einmal einen großen Schluck aus seinem Kaffeepott.

„Ich habe schon vor fünf Jahren angefangen, Caches zu suchen. Und vor einem Jahr hatte ich Lust, es auch einmal mit dem Verstecken zu probieren. Und da habe ich mir eben einen Multi-Cache ausgedacht und hier in der Eifel versteckt."

„Ich erinnere mich", rief Onkel Christian vom Herd herüber. „Der Multi-Cache vom letzten Jahr war wirklich sauschwer, ich bin daran gescheitert."

„Ja", bestätigte Klaus, „der erste war wohl wirklich zu schwer. Es ist im letzten Jahr kein Mensch bis zum Schluss gekommen. Dabei hatte ich den letzten Cache auch damals schon mit einem Nylonfaden oben an der Buche versteckt. Als ich vor ein paar Tagen einen neuen Multi-Cache gelegt habe, hätte ich nicht gedacht, dass sich auch so Typen wie diese Motorradfahrer aus der Stadt dafür interessieren würden. Und extra in die Eifel kommen, um danach zu suchen."

Sven grinste. „Wir dachten, du wärest auch hinter dem Cache her. Und wärest genauso schlimm wie die Motorradfahrer. Als wir dich an der blauen Tonne unter der Brücke gesehen haben, war ich mir sicher, dass du den Cache gestohlen hast."

„Nein", erzählte Klaus weiter, „als Cache-Verstecker muss man regelmäßige Kontrollen machen, um sicherzustellen, dass noch alle Caches in Ordnung sind. Sie können zerstört sein, nicht an der richtigen Stelle liegen. Manchmal finden auch Wanderer zufällig die Caches, denken es ist Müll und werfen sie weg. Also habe ich auf meinem Kontrollgang mal bei der blauen Tonne nachgeschaut. Und der Cache war weg."

„Stimmt", schaltete Victor sich ein, „wir waren ganz schön weit weg, haben dich aber immer noch fluchen gehört."

„Klar habe ich geflucht", schnaubte Klaus. „Und wie ich geflucht habe. Ich war wahnsinnig wütend, weil tatsächlich der ganze Cache verschwunden war, inklusive Thermoskanne. Ich schleppe doch nicht ständig Thermoskannen mit Ersatzcaches durch den Wald."

Er lachte sein dröhnendes Lachen, und die Tassen auf dem Tisch im Lindenhof wackelten. „Also musste ich in die Werkstatt, neue Barcodes ausdrucken und kopieren. Eine alte Thermoskanne habe ich auch noch gefunden. Und dann habe ich die

Kanne mit den Barcodes in aller Frühe wieder in der Tonne versteckt."

„Genau, wir haben die Strich-Codes dann auch morgens gefunden", fügte Clara an.

„Morgens nennst du das, das war mitten in der Nacht, als ihr mich aus dem Bett geschmissen habt." Sven musste jetzt noch gähnen, wenn er nur an diesen Morgen dachte.

Clara lachte. „Ich hatte mich schon gewundert, wer dieser Versteckniх sein könnte, der im Netz gemeldet hat, dass der Cache wieder hergestellt ist. Das warst du, Klaus!"

„Ja, genau. Ich habe als Kind alle Asterix-Comics verschlungen und fand den Namen Versteckniх sehr lustig. Denn ich verstecke, wie ihr gesehen habt, ja eigentlich sehr viel."

Victor bohrte bei Klaus nach: „Aber die Statue hatte in beiden Augen Nano-Behälter mit den winzigen Zetteln und dem nächsten Rätsel. Wusstest du, dass die Außerirdischen ein Auge mitnehmen würden?"

„Ich hatte so eine Ahnung, ja. Denn ich hatte die beiden Motorradfahrer schließlich schon im Ort gesehen. Und sie waren mir sofort schrecklich unsympathisch gewesen. Ah, danke für die Spiegeleier Christian, lecker." Klaus machte sich über die nächste Portion her, als wäre er kurz vor dem Verhungern. „Aber das Problem ist", sagte er mit vollem Mund, „dass man beim Geocachen keinem verbieten kann, mitzumachen. Mir passt deine Nase nicht, also bleib weg von meinen Caches. Das funktioniert leider nicht, das kann man nicht machen. Also habe ich in meiner Werkstatt noch ein zweites geheimes Auge gebastelt. Ich hatte mir schon gedacht, dass ihr es gebrauchen könntet."

„Und dann dachten wir im alten Schwimmbad, du würdest duschen." Clara kicherte. „Aber da hast du wahrscheinlich auch nur alles überprüft, oder?"

Klaus nickte. „Auch dort habe ich eine zweite Chance zur Sicherheit installiert. Wenn ihr am anderen Duschknopf mit dem blauen Knopf für kaltes Wasser länger gedreht hättet, wäre darin auch der Cache mit der Katze-Ludmilla-Geschichte gewesen. Aber das habt ihr ja gar nicht gebraucht."

Victor freute sich riesig: „Frau Grützke und ihr Mann haben wahrscheinlich den Dreh mit der kyrillischen Schrift nicht herausgefunden, vermute ich."

„Das ist das Beste überhaupt", prustete Klaus los. Beim Lachen flogen ein paar Bröckchen Spiegelei aus seinem Mund über den Tisch. Tante Conny wäre normalerweise deswegen ausgerastet, war aber heute so gespannt auf das Ende der Geschichte, dass sie dieses Missgeschick gar nicht bemerkte.

„Also“, erzählte Klaus grinsend, „um mir einen Spaß zu machen, bin ich gestern Abend zu der Stelle gefahren, die durch die falschen Koordinaten von N angegeben war. Und wen sehe ich da? Unsere beiden Motorradfahrer! In der Gegend gibt es viele Sümpfe. Und die beiden Außerirdischen – wie ihr sie nennt – standen also bis zu den Hüften im Schlamm, von oben bis unten mit Moor bekleckert. Ich habe gehupt und nett hinübergewunken. Die beiden haben die Fäuste geschüttelt und etwas in meine Richtung geschrieen, aber da bin ich schon wieder gefahren.“

Alle am Tisch lachten aus vollem Hals und freuten sich, dass die Motorradfahrer es nicht bis zum letzten Cache geschafft hatten.

„Und das Beste ist“, fügte Victor hinzu, „wenn die Sommerferien vorbei sind und ich wieder zur Schule muss, dann werde ich Frau Grützke einfach mal ganz harmlos fragen, was denn ihr schönstes Ferienerlebnis war. Ob sie auch einen tollen Eifelurlaub gehabt hat. Und ob die Schlammpackung ihrer Haut immer noch gut tun würde. Ihr Gesicht möchte ich dann sehen!"

Da klingelte das Telefon.

„Das ist wahrscheinlich eure Mutter", sagte Tante Conny in Richtung von Clara und Victor. „Sie hat schon gestern Abend angerufen, aber da wart ihr Geocaching-Helden ja noch im Wald."

Es war tatsächlich ihre Mutter. Sie erkundigte sich, ob alles okay wäre und fragte, ob sie nicht doch früher von dem Kongress aus München zurückkommen solle. Da schauten sich Clara und Victor an und mussten laut lachen. Nein, im Gegenteil, sie solle sich in München Zeit lassen, sagten Clara und Victor. Und danach solle sie direkt auf den Lindenhof kommen. Und Papa auch, wenn er mit den Alligatoren fertig wäre.

„Dann können wir alle bis zum Ende der Ferien noch jede Menge Abenteuer erleben", rief Clara.

„Genau", ergänzte Victor, „denn es müssen noch viele Caches in der Eifel gesucht und gefunden werden."

Auflösungen der Rätsel

Diese verflixten Zahlen (S. 33)

*Die Stimmung befand sich wirklich auf dem **Null**punkt, als das Abenteuer begann. Wo war der Dieb, der die Uhr gestohlen hatte? Alle Freunde hatten sich verabredet und überlegten und suchten. Niemand wusste, ob sie den Diebstahl in ihrem **Vier**tel aufklären würden.*

„Ich habe schon eine Idee“, rief der schlaue Nils.

*„Ach“, stöhnte Mira, „hör bitte auf, so **neun**malklug daherzureden.“*

*Mit vollem **Eins**atz prüften die **fünf** Freunde alle Spuren. Kam der Bäcker als Dieb der wertvollen Uhr in Frage?*

*„**Acht**ung“, rief Mira, „da kommt der Briefträger!“*

*Als sie sich versteckt hatten, sagte Nils: „Jetzt müssen wir unsere Fanta**sie** **ben**utzen!“*

Mira trat aus dem Versteck und fragte den Postboten nach der Uhrzeit. Er sah mürrisch auf die Uhr. Es war die gestohlene Armbanduhr! Kein **Zwei***fel, der Briefträger war der Dieb!*

Die Nordkoordinate lautet also E 049°15.872

Grenzstein-Sudokus (S. 82/83)

Nordkoordinate: 050°0a.bcd
Ostkoordinate: 006°ab.cde

Sudokus sind Logikrätsel. Sie werden in Tabellen gespielt, die 9 x 9 Kästchen besitzen und die wiederum in 3 x 3 größere Quadrate unterteilt sind. Das Ziel ist es, die leeren Kästchen mit den Ziffern 1 bis 9 zu füllen. Dabei darf jede Zahl in jedem Quadrat, jeder Reihe und jeder Zeile nur einmal vorkommen.

Die Nordkoordinate lautet N 050°05.213.
Die Ostkoordinate lautet E 006°47.541

Die Fuß-Fabel (S. 119 – 121)

Die erste Ziffer ist die NULL: *Isolde (vier Füße) minus zweimal Horst (also zweimal zwei Füße) ist gleich Null.*

Die zweite und dritte Ziffer sind FÜNF *und* NULL, *also* FÜNFZIG: *Sechsmal Elviras acht Beine bedeuten achtundvierzig. Dazu kommen die zwei Beine von Horst. Macht Fünfzig.*

Die vierte Ziffer ist wieder die NULL: *Die acht Beine von Elvira minus zweimal die vier Beine von Isolde ergibt* NULL.

Die fünfte, sechste und siebte Ziffer sind die FÜNF, ZWEI *und* NULL, *anders gesagt eine fünfhundertzwanzig, denn: Gustav hat tausend Füße, die Hälfte sind fünfhundert. Dazu kommen die fünfmal vier Beine von Isolde, also zwanzig, und schon kommt man auf* FÜNFHUNDERTZWANZIG.

Und die achte Ziffer ist die SECHS: *Dreimal die zwei Beine von Horst ergibt* SECHS.

Die Nordkoordinate lautet also N 050°05.206

Sachanhang

Was ist Geocaching?

Geocaching setzt sich zusammen aus *geo* = griech. Erde und *cache* = engl. Versteck. Es ist die moderne Form der Schnitzeljagd mit Hilfe von Koordinaten und GPS-Signalen. Koordinaten? GPS?

Als Koordinaten bezeichnet man das gedachte Gradnetz aus Längen- und Breitenkreisen auf der Erdoberfläche. Auf einem Globus sind sie als Streifen eingezeichnet. Die Breitengrade werden vom Äquator aus nach Norden und Süden gezählt, die Längengrade vom Nullmeridian (der durch Greenwich, einem Ort bei London, führt) nach Osten bzw. Westen. Mit Hilfe dieses Netzes lässt sich jeder Punkt auf der Erde exakt bestimmen, zum Beispiel so: N 047°25.157, E 010°59.522 (das ist die Zugspitze). Das N bezeichnet den nördlichen Längengrad und das E den östlichen Längengrad. Wo sich diese beiden Grade schneiden, ist der gesuchte Punkt. Die Einheit sind Grad, also das Zeichen °. Um einen Punkt noch feiner zu bestimmen, gibt es Minuten (das sind die ersten beiden Ziffern nach dem Zeichen °) und Sekunden (die letzten drei Ziffern der Koordinate), die eine Gradangabe untergliedern, wie du das z.B. auch von Kilometern, Metern und Zentimetern kennst.

GPS ist die Abkürzung für *Global Positioning System* bzw. *globales Positions-System*. Wenn du nun ein GPS-Gerät in der Hand hältst, kann dieses über Signale von Satelliten im All berechnen, auf welcher Koordinate du gerade stehst. Außerdem kann es, wenn du bestimmte Koordinaten eingibst, anzeigen, in welche Richtung und wie weit du gehen musst, um zu diesem Punkt zu gelangen. Es ist also eine Art elektronischer Kompass.

Beim Geocaching geht es nun darum, einen Behälter zu verstecken und auf Datendanken im Internet die Koordinaten des Verstecks zu veröffentlichen. Jeder andere kann dann diese Koordinaten in sein GPS-Gerät eingeben und das Versteck finden ... eine weltweite Schatzsuche!

Jetzt bist du dran! Einige Tipps:

Du möchtest dich nun selbst auf die Suche machen? Auf unserer Homepage *www.2-mit-grips-und-gps.de* findest du viele Caches, die mit dem Kindgerecht-Merkmal ausgezeichnet wurden, und alle wichtigen Informationen, wie man Caches sucht und findet!

Und wenn du einen eigenen Cache verstecken möchtest, kann es auch gleich losgehen! Mit dem Aufkleber im Buch kannst du deinen Cachebehälter kennzeichnen. Mit Hilfe eines GPS-Empfängers ermittelst du die Koordinaten deines Verstecks, trägst diese auf www.opencaching.de ein, und schon ist dein Cache weltweit abrufbar!

Wichtige Begriffe und Regeln:

Cache (engl. Versteck):

Als Cache bezeichnet man den Behälter, der an einer bestimmten Koordinate versteckt ist. Der Behälter sollte wasserdicht sein oder in einer Tüte wasserdicht verpackt sein. Ein Cache ist mit einem Aufkleber gekennzeichnet und enthält immer ein Logbuch und eine Gebrauchsanweisung (falls Muggels den Cache finden). Meistens auch noch andere Gegenstände, die man tauschen kann: Der Finder nimmt ein Ding heraus und legt dafür etwas von sich selbst hinein. Lebensmittel gehören nicht in einen Cache, denn sie können verderben oder Tiere anlocken.

D/T-Wert:

Mit Hilfe des D/T-Wertes wird angegeben, wie schwer es ist, einen Cache zu erreichen und zu finden. D steht für *difficulty* (engl. Schwierigkeit) und T für Terrain. Auf der deutschen Datenbank www.opencaching.de sind das die blauen bzw. grünen Balken neben dem Cache-Symbol. Je kleiner der D-Wert, d.h. je weniger blaue Balken, desto leichter lässt sich der Cache am Fundort entdecken oder desto leichter sind die Rätsel, die man lösen muss, um den Cache zu finden. Je kleiner der T-Wert, d.h. je weniger grüne Balken angegeben sind, desto leichter ist das Terrain, also der Weg zum Cache.

Logbuch / loggen:

Das Logbuch, ein Notizheft oder manchmal auch nur ein einfacher Zettel, liegt in jedem Cache. Hier trägst du deinen Namen ein und wann du den Cache gefunden hast. Das bezeichnet man als loggen. Wenn du wieder zu Hause bist, kannst du deinen Fund auch im Internet, bei der entsprechenden Cache-Beschreibung, loggen. Weil Logbücher oft sehr klein sind, hat sich für diese Einträge eine eigene kleine Geocacher-Sprache aus Abkürzungen entwickelt.

Hier ein paar Beispiele:

BYOP: *Bring your own pen* (engl. Bring deinen Stift selbst mit)

CITO: *Cache in trash out* (Während des Geocachens Müll beseitigt – dafür gibt es spezielle Events)

DNF: *Did not find* (engl. Hab ihn nicht gefunden)

FTF: *First to find* (engl. Als Erster gefunden)

GC: Abkürzung für Geocacher, Geocaching oder Geocoin

NT: *No Trade* (engl. Nichts getauscht)

NRNR: Nichts rein, nichts raus

TNLN: *Took nothing, left nothing* (engl. Nichts genommen, nichts dagelassen)

TFTC: *Thanks for the cache* (engl. Danke für den Cache)

TFTH: T*hanks for the hunt* (engl. Danke für die Jagd)

Muggels (oder Geomuggels):

Wenn du Harry Potter gelesen hast, weißt du bestimmt, was das ist: Menschen, die Geocaching nicht kennen. Damit Muggels nicht versehentlich einen Cache finden und möglicherweise entfernen, muss man ihn gut verstecken. Und wenn am Fundort viele Muggels unterwegs sind, musst du aufpassen, dass du beim Heben des Caches nicht beobachtet wirst!

Multi-Cache:

Ein Multi-Cache setzt sich aus mehreren Caches an verschiedenen Stationen zusammen. In der Beschreibung im Internet sind nur die Koordinaten des ersten Caches bzw. des empfohlenen Startpunktes angegeben. Dort angekommen, liefert dir der Cache (meist in Form eines Rätsels) die Koordinaten der zweiten Station, diese wiederum die Koordinaten der nächsten Station usw. bis zum endgültigen Ziel.

Nachtcache:

Wie der Name schon sagt, können diese Caches nur in der Nacht gefunden werden. Meist ist der Weg oder der Fundort durch Reflektoren gekennzeichnet, die man erst sieht, wenn es dunkel ist und sie mit der Taschenlampe angestrahlt werden.

Owner (engl. Besitzer):

Der Owner eines Caches ist die Person, die den Cache versteckt und auf einer Datenbank wie www.opencaching.de angelegt hat. Jeder Owner ist verpflichtet, immer wieder zu überprüfen, ob sein Cache noch vorhanden und in gutem Zustand ist.

Rätselcache:

Um den Fundort dieses Caches herauszubekommen, ist es nötig, bereits im Internet oder vor Ort ein Rätsel zu lösen.

Trading (engl. Handeln):

Wenn du einen Cache findest, der Gegenstände enthält, darfst du etwas herausnehmen und dafür etwas anderes hineinlegen. Geocacher-Ehre: Das, was man hineinlegt, ist genauso viel oder mehr wert als das, was man sich herausnimmt!

Infos zur Ausrüstung:

Als Geocacher solltest du immer die richtige Ausrüstung dabei haben: Achte auf wetterfeste Kleidung und gute Schuhe, nimm genug zu Trinken und zu Essen mit. Am besten hast du selbst einen Stift bei dir, um dich im Logbuch einzutragen, wenn du den Cache gefunden hast. Falls du Gegenstände im Cache tauschen möchtest, musst du natürlich auch eine Kleinigkeit von dir mitbringen. Bei manchen Caches sind bestimmte Hilfsmittel nötig, lies dir also die Beschreibung ganz genau durch, drucke sie aus und nimm sie mit.

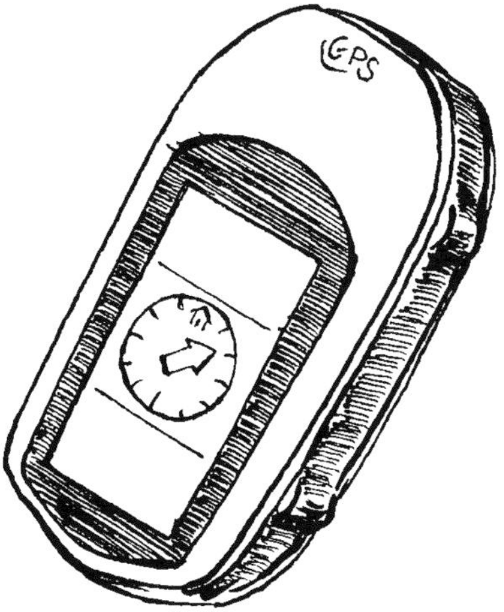

Am wichtigsten ist, ganz klar, ein Gerät, das GPS-Signale empfangen kann und eine Software, die dir den Weg zu den eingegebenen Koordinaten zeigt.

Im Normalfall ist das ein spezielles GPS-Handgerät, auf dem die Software bereits gespeichert ist und das es ab 100 Euro zu kaufen gibt.

Wenn du Geocaching erst einmal ausprobieren möchtest, kannst du ein solches Gerät auch bei Wandervereinen, Tourist-Informationen oder Outdoorshops ausleihen. Aber auch moderne Handys, mobile Computer, PDA-Geräte oder Smartphones sind zum Teil bereits mit GPS-Empfängern ausgestattet. Darauf musst du normalerweise erst eine Software installieren. Diese Programme sind meist kostenlos, aber damit zum Beispiel dein Handy den Weg zum Cache berechnen kann, muss es eine Internetverbindung herstellen, und das kostet natürlich. Besprich dich auf jeden Fall mit deinen Eltern, welches Gerät für euch sinnvoll ist. Eine aktuelle Übersicht findet ihr unter www.geocaching.de in der Rubrik Verstecken & Finden.

Weitere nützliche Tipps und Informationen findest du auf den Seiten
www.geocaching.de
www.opencaching.de

Die Informationsplattform www.geocaching.de und die Datenbank www.opencaching.de werden frei von kommerziellen Interessen von einer Gruppe engagierter Geocacher in ihrer Freizeit betreut und weiterentwickelt.

Gefördert und fachlich unterstützt wird das Team geocaching.de von der Deutschen Wanderjugend (www.wanderjugend.de).

Manuel Andrack, geboren 1965 in Köln, studierte Theater-, Film- und Fernsehwissenschaft. Als verantwortlicher Redakteur der Harald Schmidt Show war er lange Zeit dessen beliebter „Sidekick“. Sein erstes Buch *Du musst wandern* erschien 2005. Nun legt er mit diesem Geocaching-Krimi sein Kinderbuchdebüt vor und ist als Wanderfan dabei voll in seinem Element. Manuel Andrack lebt heute in Saarbrücken.

Patrick Wirbeleit, geboren 1971 in Lüneburg, bemühte sich lange, einen „ordentlichen“ Beruf zu erlernen. 1995 brach er dann seine Lehre zum Raumausstatter ab und beschloss endgültig, seiner Zeichen-Leidenschaft zu folgen. Seither arbeitet er als freier Künstler, Illustrator und Comiczeichner. Mit seiner großen Liebe Frauke und den beiden gemeinsamen Kindern lebt er in einem kleinen Dorf bei Buxtehude.